我的世界不見了

橘子作品33

My world is gone

I think you know how to love better than any of us,
and that's why you find it all so painful.

我覺得妳比任何人都更懂得如何去愛，
這就是為什麼妳覺得一切都如此痛苦。

——《倫敦生活》（Fleabag）

【自序】本來我只是想要寫個期末報告而已

那是我在興大台文所就讀的第二學期，實不相瞞第一個學期我過得非常恍惚，主要是在那學期剛好遇上開學、交稿、交屋種種消耗腦力以及意志的現實事務全都湊在一起，我當時忙到自己是怎麼活下來的都不知道。

然後我旅行。

然後我沉澱。

然後是第二個學期。

在這個宛如新生的第二學期裡我唯一的目標就是學會寫好期末報告以及正確的標準格式，要知道，小說創作可是沒有格式這回事，而專職作家則又被編輯們豢養多年，突然之間要自食其力著一夜長大實屬不易。

而那是學期中，在週二廖振富老師的課堂上我決定好期末報告的方向，主題是建國市場，整件事情對我而言都簡單極了，因為那是我從小生長的台中市東區，國小同學裡有好多是市場的小孩，尤其舊報紙裡又相當多的報導資料，簡直想不出來有什麼因素能夠導致我寫不出這篇期末報告。

然而，我就是寫不出來。找不到切入的角度，也從沒想過，當小說換成是期末報告時，我居然會被受訪者拒絕訪問。

然後是那天，廖老師提及我先前讀過的書籍以及寫過的讀後心得，他說就那些閱讀量再加上我自己手邊的張幼儀自傳，其實就足夠寫成一篇碩士論文。無法解釋為何，在那當下，我突然就知曉期末報告的主題了。整個猶如神助。

這本小說也確實是在撰寫期末報告的過程之中所產生的靈感，而我只是在想：猶如書中女主角李妮的提問：

「一段明知道終究會結束的婚姻，如果可以重新選擇的話，依舊會選擇投入嗎？」

以及，是的，換言之，那麼一段明知道不會有結果的感情呢？如果答案是肯定的，那，又是為什麼要選擇投入？

而，延伸到作家以及出版吧：

「以前花三兩個月寫出一本小說就能夠賺進七位數版稅的妳，為什麼在出版業慘澹尤其小說更是重災區的如今，依舊願意繼續創作？難道是缺錢繳房貸嗎？」

不是的，我不缺錢，三十歲之後我就過著不花本金的樸實生活了。

所以，那是為什麼？

「因為有些話我想要說，而有個故事我想要寫。」

這是很久以前我說過的回答，而如今，這依舊是我的答案。

曹筱如／橘子

第一章

妳是不是這一輩子，都在活給別人看？

之一
李妮

陳楷文第一次結婚的時候我們班整整來了兩桌同學，除了是因為他結婚得早、當時大家都還保持著聯絡之外，也是因為大學那四年我們班的微積分都是靠他一個人罩的，否則大家都不知道該怎麼畢業了；而陳楷文這一次結婚、大學同學就只來了我們三個，面對整桌的陌生人，布萊恩的應對之道是低頭專心進食，他專心的程度就好像眼前那道菜有話要告訴他似的，相較之下我算是好些，就是專心喝酒避免跟同桌的陌生人眼神接觸這樣，至於艾力克倒是無所謂這些，此刻他正在問：

「哪一個是新娘？」

「穿白紗那個吧？粉色禮服那個應該是新娘的媽媽。」

「那為什麼整場婚禮都是粉色禮服的在拿麥克風講話？」

「你是第一次遇到這種把女兒婚禮當成自己主場在表演的阿姨喔？有的還會跳舞給大家看咧。」

「我覺得你在影射我媽。」

我說，而他們笑。

「妳媽沒有跳舞給我們看，她只是光自己的朋友就佔了一半你們的桌數。」

「那時候柏彰都因此跟我翻臉了，真受不了。」

真受不了。

「說起來二婚一般是會再辦一次婚禮的嗎？」

「可能新娘是第一次結婚吧，聽說小我們十三歲。」

「才二十七？」

艾力克驚呼，而我們異口同聲：

「你是不是很羨慕？」

同桌的客人不約而同掃了我們幾眼，我們於是注意放低說話的音量，布萊恩小小聲地問：

「妳如果二婚的話還會再辦一次婚禮嗎？」

「我結過一次婚就受夠了，幹嘛還要二婚啊？」

我說，而艾力克則：

「我覺得我會。」

「那你得先去結第一次婚吧。」

「才不要。」他把杯子裡的冰紅茶一口氣喝乾：「我自己賺的錢要全部都自己花掉，幹嘛想不開讓別人分走一半。」

「如果有小孩的話不只一半，有時候連小孩都會被分走，雖然是跟你的姓吧，可是長大後他連你什麼長相都不知道。」

「所以我死都不會離婚。」布萊恩說，但隨即：「不過如果萬一怎麼樣的話，兒子可以跟我老婆沒關係，但是我不能沒有我女兒。」

然後我們一陣笑，同時終於開始意識到在別人的婚禮上大聊離婚是非常不社會化的行為，於是我們起身跟著布萊恩移駕到吸菸區。

「風往這邊吹，所以你們站那邊。」指揮完我們的站位之後，布萊恩才又開始說：「前幾天我沒注意到時間，回家前又抽了一根菸，結果都洗完澡了，我女兒那狗鼻子居然還是聞到說爸爸臭臭，她不知道我會抽菸。」

「這就是家人啊。」

「推給你老婆就好啦：喔，大概是妳媽媽抽菸味道沾到我身上了吧，這樣。」

我們還是笑，笑夠了之後布萊恩才又繼續把話題拉回：

「所以呢？妳有被分一半嗎？還是妳分走他一半？」

「我就知道你要問這個。」

我說。

我們有簽婚前協議，那是因為結婚之前柏彰他爸很擔心萬一我們離婚的話、他的家產會被我分走一半，可是哪曉得也因此真正離婚時我的資產沒有被柏彰分走一半。那時候我們哪曉得後來我會變成網紅，日薪勝過他月薪。

那時候我們。

其實我的網紅之路正是從柏彰那個小小的學生宿舍廚房開始，大學時利用暑假去德國找柏彰時，為了解決他舌尖上的鄉愁所以就著超市裡的簡易食材由香菇雞湯作為起點逐漸煮出一整桌家常菜餵飽他們那群留學生空白許久的台灣胃，後來他們還直接把那個只有IH爐和大同電鍋的簡易廚房命名為李妮餐桌；暑假結束準備回國之前他們要求我拍下教學影片好讓他們自立自強度小月直到我下次回訪重新開啟李妮餐桌為止。

「那時候你們還嘲笑我是去歐洲打工換宿的廚娘有沒有？笑我專程飛去歐洲煮晚餐給他們吃。」

「只有他吧，我哪有資格笑啊。」艾力克說：「我在高餐那幾年也吃了妳不少伙食。」

「不用一直講這個啦。」

「呵。」

如今我已經無法確切回想是柏彰他們之中的誰把我的教學影片剪輯上傳YT，但我依舊記得那些最初的影片都好陽春，而那些陽春影片裡的我們互動好甜，甜到鏡頭外的他們好羨慕，而我不也曾經因為柏彰而被深深羨慕過嗎？長相斯文帥氣的柏彰，一板一眼性格高冷卻唯獨只對我卸下心防撒嬌的柏彰，學成歸國終於結束多年遠距戀情的我們……回想起來真是不可思議，不過確實我們曾經幸福得令人羨慕，我們的確曾經深愛過彼此，而如今我們連多看對方一眼都感到厭倦。

「欸，該進去了，新人開始敬酒了。」

「喔。」

「然後就走了喔，我等一下還有事。」

「約會喔？」

「對啦。」

「幾個約會？」

「煩欸妳。」

重新坐回桌邊等待新人沿桌敬酒時我讓自己開啟自動導航模式讓思緒亂飛，我繼續想著在這之前參加的那一場喜宴，那是柏彰公司後輩的婚禮，那時候柏彰問我陪他一起出席的時候我很驚訝，因為當時我們已經算是實質意義上的分居了，當下我的第一個念頭是：我和我老公已經三個星期沒講話了，而打破這僵局的話題居然是他同事的婚禮？我甚至不知道那個人是誰。

「他只是在找台階下找話題聊啦。」

當時布萊恩說，並且勸我利用這個機會從工作室搬回家住。

「叫他去工作室接妳，把行李簡單收拾然後帶上車，這樣他就知道妳意思了，喜宴結束之後就一起回家吧，妳難道不想念辛巴嗎？」

「辛巴已經變成他的貓了。」

我悶悶不樂地說，不是悶悶不樂辛巴後來比較黏柏彰，而是以前的柏彰是很愛跟我撒嬌的，但後來的柏彰卻只願意跟辛巴撒嬌了。感情都是怎麼變冷的？

然而正是在那一場喜宴裡我終於下定離婚的決心，而起因是馬尼拉。是的馬尼拉，菲律賓的第一大城市以及首都，真是虧了柏彰的偏執否則我此生都不會曉得這個對我而言完全用不上也毫無意義的常識，我連中華民國的首都真正意義上算是哪裡都不在乎了我幹嘛要在乎馬尼拉是誰的首都是第幾大城？我的意思是，我就算此生都因此被禁止不能去馬尼拉我都無所謂，我不在乎，世界那麼大，我這輩子大概都走不完，所以我為什麼要執著侷限在那裡？那個只是找話聊般的馬尼拉，那就只是一個話題，那個馬尼拉，在那一場婚禮裡，一個一分鐘左右的話題而已。然而柏彰卻偏偏能夠因此把場面搞得好僵，再一次。

每一次。

起因是席間大家聊起疫情的這三年，接著有人提到解禁之後他要做的第一件事情就是帶他菲律賓籍的妻子回馬尼拉省親，在疫情這三年太太都不能回娘家，她一定很想家，那位先生如此說，同時還握了握太太的手，一切如此溫馨美好，琴瑟和鳴，婚姻本質，互相體諒和扶持。直到他接著說：

「你們去過馬尼拉嗎？是菲律賓最大的城市。」

「你確定？」

柏彰說，而我則是熟練地拿起酒杯往喉嚨裡倒滿一整杯紅酒，柏彰的**那個表情**，我就知道：又來了。

我想喝醉。

你確定馬尼拉是菲律賓的第一大城市嗎？不確定的話為什麼可以這麼直接的

告訴大家呢？真相不重要嗎？你的指導教授是這樣教你的嗎？你的上司讓你這樣做簡報的嗎？都不用查證？都道聽塗說就可以？你是這樣畢業的？

光是這幾句話的組成就足以架構柏彰接下來半小時的單口辯論內容，通常這種情形我會出面打圓場緩和氣氛或是直接把柏彰帶走，然而那天可能我是累了或者純粹喝多了或者就直接說是這麼多年來我真是他媽的受夠了，於是在柏彰半小時左右的旁人面面相覷而他自己毫不在乎的單人脫口秀之後，我拿起手機問Google：菲律賓的首都？

我聽見我開始說：

「馬尼拉的確是菲律賓首都以及第一大城市沒錯。還是你要看論文才肯相信？看十篇期刊論文或學位論文？」

「我不喜歡妳這個態度。」

「而我也是。」

我受夠了，我說，我開始說，這幾年來我真的受夠了，對錯真的那麼重要嗎？它就不能只是一個話題大家笑一笑然後一語帶過嗎？重點是這個嗎？你為什麼要把人生活得那麼無聊？你為什麼總是要害我的人生充滿尷尬？你知道我有多害怕和你講話和你同框和你出席各種場合嗎？因為你總是這樣，你一直這樣，這樣真的讓你有比較快樂嗎？

他想說些什麼，可是他忍住沒說，原來柏彰也可以有忍住不說的時刻。真是好個意外和驚喜。他就是看著我，像是正在計算著什麼的表情。後來的柏彰經常對我露出這種表情。

我繼續說：

「你知道這幾年來最荒謬的是什麼嗎？每當我跟你媽提起我們之間的困境、溝通困難和所有的其他，她總是叫我裝沒事就好，婚姻就是儘量裝沒事，然後真的就可以沒事了，本來我也是這樣做的，乖乖這樣做，好吧，我只求及格就好了，因為你知道我有多喜歡你媽對吧？天哪，我簡直就是因為你媽媽所以才嫁給你的。她就是我一直想要的那種媽媽，我真的好想要當她的女兒，她是那麼的事事周全那麼的善解人意，可是你知道怎樣嗎？當那種人真是他媽的累死人。

「後來我開始用你媽的方式跟你生活時才發現我快累死，我甚至辦不到事事周全也辦不到善解人意我就已經快要累死了，永遠都是我在讓你遷就你，永遠都是我在裝沒事，永遠都是我在打圓場永遠都是我道歉！怎麼可能婚姻都是我一個人在忍？婚姻是我一個人的嗎？那你呢？你在幹嘛？我吃你的穿你的用你的嗎？我究竟為什麼要一直看著你的臉色過日子啊？

「我他媽的該道歉的對象明明是我自己才對吧？我居然曾經痴心妄想自己可以像你媽那樣隱忍到老年，而你就會像你爸那樣，從一個非常難相處的人，慢慢變成一個磨合得來的老伴，然後我們就可以幸福快樂了，天哪，我居然曾經覺得可以耗掉我的一輩子來換一個未知的，可能，或許，應該吧，天哪。我為什麼要忍你忍到六十歲，而且很有可能六十歲的你還是這德性！」

天哪，我居然開始哭了起來，在別人的喜宴上，在柏彰的面前，我情緒失控地哭了起來，而他還是看著我，保持距離的，冷冷地看著他太太，情緒失控的太太。

「妳是不是經前症候群？」

終於，柏彰開口說。

他其實就別開口說話了吧？他其實就繼續靜靜地看著我算了吧？就那樣再一次看著我自己宣洩完情緒然後該道歉道歉該解釋解釋接著再繼續裝沒事吧？人生不就是儘量裝沒事嗎？然後我們殘破不堪的婚姻就能夠繼續吧？

其實就算是他當時直接走掉我都不會怪他吧？畢竟任何人永遠有正當理由拋下一個情緒不穩的女人吧？就算那個女人是他妻子，就算她情緒不穩的原因正是因為他；然而柏彰偏不，他不但不走掉，他還留在座位上開口說了那句話：妳是不是經前症候群？他永遠可以從千千萬萬句話語裡面挑出那句最不中聽的話來說。我的老公好厲害。

「沒有，剛結束，現在是安全期，所以如果今天晚上我們要做愛的話，可以不用戴套沒關係。不過不需要再考慮這些了，我們離婚吧。」

「聽不懂妳在講什麼。」

「你聽到了，我要離婚。房子跟車子是那時候你爸媽買的我無所謂，這幾天我會找人過去收東西，如果你不在家的話磁釦我就放在鞋櫃上還給你，密碼鎖你再記得消除我指紋，還是你堅持要在場看著我們搬東西也可以。」

「妳是不是喝多了？」

「找一天去戶政吧，家具家電旅行紀念品還有畫我都不要了，可是辛巴我要帶走，我的粉絲很愛牠。」

「永遠是粉絲，永遠是流量。」

「你什麼意思？」

柏彰沒有回答他什麼意思，柏彰開始堅持辛巴是他送我的貓，所以理當和房子車子一樣歸他所有，又來了，他臉上的**那個表情**。我頭好痛：

「我們真的有需要在別人的婚禮上談離婚嗎？」

「是妳先開始的。」

「對，都是我的錯！」

儘管那天在別人的婚禮上不歡而散，然而落實離婚的決定之後沒想到心情居然變得不可思議的平靜，本來在我的想像裡我們會是那種怨偶型的前夫和前妻，互相嘶吼繼續撕裂彼此，甚至更激動一點的畫面是我們會朝彼此身上丟東西；然而實際上很不可思議的居然沒有，我們居然是變成客客氣氣的朋友，當艾力克開車載我去收拾行李時，他甚至還幫忙一起搬呢。一切平靜得就像是這次我只是出國久了點而已。

而辛巴也是，結果我還是把辛巴留給他，算是我對他最後的善意吧。那他呢？他自己去跟媽報告這件事情並且要求媽不要打電話給我，他知道我會無法拒絕，他知道我總是會對媽心軟。

他媽媽，得改口了。

約好離婚的那天我們一起到戶政辦手續，為此我甚至還精心打扮化上全妝呢，心情愉快得好似那是一場久違的約會；而柏彰也是，他穿了合身的白襯衫和西褲，於是我才發現，原來我還是好喜歡看他這樣穿搭，我沒有把這個感覺告訴他，我只是指著離婚協議上的證人欄問他：

「鍾日超？這是誰？我以為你會找你媽簽。」

「妳覺得她會簽嗎？」柏彰臭著臉說：「鍾日超是我同事，那天本來我們只去吃他的喜酒，哪知道最後一道菜都還沒上我們就離婚了。」

「其實你講話滿好笑的。」

「妳終於知道了喔。」

「呵。」

呵。

原來辦理離婚手續比換護照還要快，把表格遞了把章蓋了把身分證更新了然後就結束了。快得像是假的。

並肩走出戶政事務所時我問他：

「你車停哪？我做了晚餐要給辛巴，在車上的保冷袋裡。」

「那我跟妳一起走過去拿，牠一定很高興，很久沒吃到了。」

「我以後還是可以繼續做啊。」

柏彰沒說話。

「拿到管理室放就好了，我們的管理室有冷藏冰箱，這你知道吧？」

「我的。」

「嗯？」

「我的管理室。」

「好吧。」

好吧。

打開後車廂，柏彰很驚訝眼前數量眾多的保冷袋。

「怎麼這麼多？妳是包月喔？」

「因為還有做給你的。」

他低著頭。

「其實直到現在我都還是很想再為你做一次飯，我還是很喜歡看你吃飯，你總是會把料理吃得很美味的樣子。」

「是真的很美味。」

就是這樣，就是這個頭低低的表情這個聲音低低的語氣讓我一直心軟、原諒和退讓，算了吧，就說了吧，或許這真的會是我們之間最後一次的見面了。

「其實我一直很自卑。」

我說，站在車子前面，我開始說，我一直很自卑，剛交往的時候總覺得是自己高攀了，他是全校第一名，畢業後就要出國留學的菁英，他爸爸是法官，他媽媽是名媛，他為什麼會看上我這個地區小藥局的女兒？他是如此耀眼而遙遠的存在，我那時候真的以為他的告白只是一個惡作劇，男孩子間的整人遊戲。

「你那時候為什麼會喜歡我？」

「因為妳殺球的樣子很好看。」

還是眼神低低語氣平平，然而這次我卻笑了出來，而他也是，一起抱著保冷袋走向他的車時，他難得主動開口問：

「頻道為什麼要停更？」

「原來你有在看喔？」

「我是在看辛巴。」

我笑著看他，然後說：

「因為很累，拍片很累。」

「我以為是因為妳過氣了。」

「的確也是因為我過氣了。」

笑，我們相視而笑，很友善，很平靜，我笑著告訴他接下來打算回學校念在職碩班，為什麼？因為想要走出舒適圈，聽說那是中年人的百憂解，專門治療中年危機。我說，但我沒說或許是因為想要安撫潛意識裡的那個始終自卑的自己。

「論文不會寫的話可以問我。」

「好。」

「為什麼最後決定把辛巴留給我？」

「我怕你會寂寞。」

轉頭，柏彰看著我，慢慢地開口：

「是因為他嗎？所以妳跟我離婚？」

「不是，我們沒睡過。你呢？這十年來有出軌過嗎？」

「沒有，我太習慣妳了。」

「是習慣還是愛？」

「謝謝辛巴留給我。再見。」

再見。

之二

郭庭芸

新聞快訊播出的時候我們正準備要掛行李然後就接到爸爸打來的緊急電話，爸爸說他當下第一個念頭就是趕快問我們上飛機了沒有？還好還沒有，他都快嚇死了，我這輩子從來沒有聽過爸爸那麼慌張的聲音，還以為是兩岸要開戰了，而我們如果一旦上了飛機將會從此天人永隔，就像一九四九年爺爺和他故鄉的爺佬一樣，本來以為只是尋常的出門上學，結果哪曉得就此少小離家老大回，鄉音無改鬢毛衰。不過實際上和戰爭也相去不遠了、這新冠肺炎人類和病毒的戰爭，但其實我經常覺得對地球而言，人類應該也很像是病毒吧？嗚嗚嗚，我不可以再胡思亂想了，不然汶康又要生氣。

那時候我們大概都以為這一次和SARS一樣，最多了不起半年就會結束的疫情，不，SARS都十幾年前的事了，這十幾年來方方面面都更進步，人類甚至有成功抗疫的經驗了，應該不需要半年就可以結束這一場瘟疫吧？結果哪曉得半年後我們連口罩都要排隊買，每個人每天酒精噴啊噴個不停，記得有一次吧，我自己一個人待在房間裡突然覺得喉嚨癢癢想要咳嗽，於是我就盡情地咳嗽了，然後我覺得好爽，關於居然可以盡情咳嗽而不需要被捅鼻子和隔離的這件事情。這或許是那三年裡，身而為人類最奢侈的一件事情。

最後人類總共花了三年的時間才戰勝病毒。

回想起來真的好心酸，第一年我剛剛接高一班級的導師，結果我們逐漸忘記彼此的長相，還好是到了高三那年口罩禁令逐步放寬，我們才終於慢慢想起以及看見大家完整的臉是長什麼樣子。期間甚至還衍生出口罩殺這個專有名詞喔。

在疫情三年間晏嬋算是反應很快的，她快手快腳地報名某私立科大的在職碩班，全程遠距離上課，連meeting都是透過鏡頭或郵件，就這樣兩年畢業之後別說她始終沒見過指導教授，就是連班上同學也都素未謀面，連萍水相逢都稱不上是；而我就比較後知後覺，是覺得奇怪怎麼那麼剛好大家都紛紛選在這個時候登記結婚？難道是因為末日感或者這方面的事情嗎？直到汶康說那是因為疫情期間不能拍婚紗辦婚禮不能宴客，所以此時不結更待何時？汶康還說這根本就是上帝在帶頭作弊衝高結婚率吧。

「那我們要不要也趁機去登記？」

「吭？」

「啊。」

「好喔。」

結果就這樣變成是我跟汶康求婚了，嗚嗚嗚。

後來晏嬋說要是我報名在職碩班也能反應這麼快就好嘍，因為我們這屆開學的時候已經不再遠距上課了，雖然因此下課之後還要再匆匆忙忙塞車趕去上課是真的又累又疲勞又塞車，不過往好處想可以因此實際認識新同學倒也是收穫啦。就例如那個網紅。

新生報到的那天除了兩位同學確診請假之外，教室裡總共有兩位老師以及連我在內的十三位同學，十三位同學裡除了網紅和貴婦之外，清一色都是軍公教來補學歷求加薪或記點的，而其中又以我們教師的比重最多，沒辦法，體制就是這樣運作的，世界就是這樣成立的，打不贏就加入它嘍。憤世嫉俗從來就改變不了什麼，除了把自己內耗殆盡之外。

在這一堆公務人員裡，她們兩個確實是相對耀眼的存在。首先是衣著打扮，不是說那種用錢堆出來的滿身名牌而是饒富餘裕的氣息，很貴氣，就算只是安安靜靜地坐在最角落，都可以明顯感覺出她們不一樣的磁場；就以貴婦為例吧，她一看就是那種子女通常會從國中就開始念我們學校接受菁英教育，除了讓小孩專注學業之外通常也會培養他們大量閱讀課外讀物熱衷運動和樂器演奏，實現真正意義上的德智體群美，接著六年之後這些小菁英們不是台成清交就是直接送出國；她們通常講話客氣待人有禮，不像那些只是賺了點錢就財大氣粗的低層次生物，她們通常會參與先生的公司運營或者她們自己直接就是女企業家，而貴婦大姐是後者，她自己擁有一家製藥公司，這幾年才慢慢交棒退居幕後，會來這個學校念書是因為教務長是她國小同學，而日常生活中的油畫瑜伽日本舞和廚藝課程已經開始讓她感覺到無聊。

「於是我就想吧，女兒去上學，那我也回大學上課好了。」貴婦大姐笑著說：「因為我很害怕會得失智症，所以就來這裡鍛鍊大腦。」

貴婦大姐用這段話總結她的自我介紹，因此贏得全班一致的鼓掌和喝采，然而接著輪到網紅時，她語調冷冷地說：

「我會來這裡念書是因為離我家很近，吃完晚餐散步一會再過來上課都綽綽有餘。我實在很討厭趕時間，每次都會因此心情變差。」

沉默。

在一片沉默的尷尬裡，系主任試著問：

「應該還有其他的原因吧？」

「喔，那倒是，我最近酒喝得有點多，想說與其每天晚上在家裡因為無聊沒事做所以一直喝酒，倒不如出門上課吧，說不準還能因此少喝兩杯呢。」

越來越尷尬的沉默。

這次換成是網紅自己試著緩和氣氛：

「以及學習新知識，預防失智症，鍛鍊腦子之類的。」

網紅說，然後結束這一片尷尬的沉默，而我首先激動地拍手鼓掌，無法解釋為什麼在那當下我眼中的她變成一個孺子可教也的學生，宛如我第一次帶導師班時那個只是備取進來、然而在三年當中的諄諄教誨之後，以回應老師的愛作為強烈學習動機、最終以全班第三名成績畢業的那個孩子。

回家之後我把這件事情說給汶康聽，他則說他會直覺想起珊卓・布拉克在電影《麻辣女王》裡的那一幕，她飾演的女漢子臥底警察在選美比賽致詞時，當每位佳麗都以完美無瑕的微笑說著世界和平之類的場面宣言時，就她自己真性情的把致詞搞成犯罪預防宣導的尷尬場面，當然最後她還是意會過來趕快合群的補上一句：「以及世界和平。」作為句點。

「對！畫面真的有像耶！而且那一幕好好笑喔！」我好激動，「明天晚上我沒課，我們來重看一遍要不要？」

「我明天有西洋棋比賽。」

「喔，好吧。」

不然後天吧，我們真的很久沒有一起看電影了。本來我以為汶康會這麼說，可是他沒有，汶康接著說的是：

「妳現在坐下來是不打算去洗碗嗎？」

「我上了整天的課又接著趕著去上課，就不能有一次是你洗碗嗎？」

婚姻不應該是互相扶持、夫妻不應該是互相體諒嗎？我很想要接著這麼說，可是我不敢，而且還好我沒有，因為接著汶康開始不耐煩：

「我們說好了，我煮飯妳洗碗，而且不能放到隔夜，垃圾也必須睡前拿下去丟，不然會有蟑螂，而且會很臭。」

「所有的家事都是我做的，你也才煮個晚餐而已。」

「說好了就是說好了。」

「可是我現在晚上要上課，我真的很累啊。」

「所以我是不是有告訴妳不要去念研究所？」

「對，因為那會佔用我打掃房子的時間！有時候我真的很懷疑會不會你其實連 Dyson 都不會用啊？」

「郭庭芸又開始在扮演受害者角色了。」

好，夠了可以了。汶康的這句話彷彿是一道催眠指令，讓我知道如果再講下去的話我們就要開始吵架了，而且我不但無法吵贏辯才無礙的他，隔天還要花更多時間道歉以及哄他開心，嗚嗚嗚，不划算。

郭庭芸郭庭芸郭庭芸，想來也真是諷刺，我當初之所以會愛上汶康就是因為他喊我名字的語調很性感，明明是連名帶姓的喊，可是卻莫名有種親密感，汶康從來沒有連名帶姓甚至是喊過誰的名字，他通常是就稱謂或者性別稱呼對方，很奇怪，可是很有趣，家長們甚至覺得這是一種富含教養的體現，然而打從初次見面開始，汶康就自然而然地喊我名字，而這讓我覺得自己好特別。

和汶康是在學校認識的，我們是同一年報到的新進教師，差別在於我是剛剛畢業的菜鳥，而汶康則是學校優聘於國際部的高階行政教師，而我們一見鍾情，是的，一見鍾情，至今我依舊清晰無比的記得第一次見面時汶康遲到了，他匆匆忙忙地趕到會議室，接著宿命般的選擇我旁邊的位子坐下，同時操著好聽的英國貴族口音為自己的遲到誠懇道歉：

「抱歉我的遲到，對這裡的環境還不是很熟悉。」

我是直到交往之後才知道原來身為馬來西亞華僑的汶康家裡從小就說中文，可是他在學校永遠只說英文而且還經常會裝作聽不懂中文的樣子，只因為在敬愛的教育部規定的雙語政策之下，外籍老師和台籍英文老師可以同酬不同工，甚至我們還得經常幫外師們改作業呢，如果打不贏制度那就加入它吧，這是汶康教會我的校園生存技巧。我也是在當了老師之後才知道原來不只學生需要校園生存技巧。

和汶康的愛情浪漫到一度讓我產生某種自己正在走入愛情小說裡的恍惚感，他是那個早已經知悉所有一切社會運作規則的霸總，而我則是初入水泥叢林的傻白甜，如此依賴並且迷戀。「愛情不是用談的，是用墜入的。」我真的好高興是在遇見汶康之後才終於明白江國香織寫在小說裡的這句話是什麼感覺。我確實一度考慮把我們的愛情虛構成為文本在小說寫作的課上當成範例給學生們閱讀，然而最後是晏嬋勸退了這份浪漫。

連結婚也是。

「每個前女友只要一提到結婚他就立刻提分手，就算是再白富美也是，這樣的男人妳要嫁？」

「然而我不是白富美，可是汶康卻要娶我？這不就是真愛嗎？我從來沒有過這種感覺，他真的讓我覺得自己好特別！」

我一頭熱地說，然後靜待著晏嬋吐槽我，然而晏嬋沒有吐槽我，晏嬋反而是一頭霧水的問我：

「妳為什麼覺得自己不是白富美？」

「汶康說的啊，他說我只是一個長得稍微好看的女生而已，他的初戀是校花，他的爸媽是鎮上最好看的男人和女人。」

「而妳只是個七十分女孩？」

「對，但是沒有很漂亮對他而言反而是種吸引力。」

「妳讓他這樣講妳？」

「怎麼了嗎？」

「傻子。」

傻子。晏嬋說。而媽媽說的則是：不傻怎麼嫁？

實際上我會選擇這所私立大學念碩士也是因為媽媽的緣故，媽媽當初就是在這所學校念的師培拿的碩士學位，媽媽真心熱愛這所學校熱愛到希望我如果往後也念碩士班的話就選擇這裡夠成為她的學妹。「這麼一來難道不是很溫馨嗎？」媽媽說。而汶康則是氣瘋了：

「妳明明就能錄取最好的國立大學，為什麼卻偏偏要去念那個離家更遠的私校？就因為妳媽媽喜歡？」

我忘記我當時回他什麼話，只記得那是我們結婚之後吵最兇的一次，不是沒拍婚紗照不是沒有蜜月旅行，也不是每年寒暑假都要陪他回馬來西亞省親，更不是——算了，那個我不想講。

汶康一直就和我媽很不對盤，可是偏偏他們又是世界上我最深愛的兩個人，我經常會因此感覺到痛苦。

不，不行，趕快來正念練習：如果不是媽媽當初執意要我當她學妹的話，我也不會因此認識網紅，而且我當初真的沒想到後來我們會變成朋友。

那是學期的第一堂課，我早早就吃完便當來到教室打開筆電整理中國文化週的活動提案，真的好累好想睡，不過無論如何我還是得趁上課前把報告做完，不然明天就要開天窗了呢；就是當我揉著眼睛伸著懶腰按下存檔的那一刻，我看見網紅急急忙忙地走進教室接著又慌慌張張地準備離開，我於是喊住她：

「這裡是621教室沒錯。」

「喔？好。」她點頭致謝，然後在我身邊坐下，自言自語般地說：「我出門前還在默唸621，結果停好車就立刻忘了這數字，然後從停車場走到教室的那段上坡路又搞得我好喘，果真是缺乏運動吧？而且我也離開校園好久了，所有的一切都好陌生都要重新適應。妳叫什麼名字？」

「吭？我是郭庭芸。」

「李妮。」她說，她繼續說：「而且我剛剛差點想要一路跑去退學了，只因為我遠遠走到教學大樓時正好看到電梯打開噴出一大群學生，那一瞬間我真的覺得好可怕，是密集恐懼症還是人群恐懼症還是廣場恐懼症？欸，不曉得，反正我就覺得好害怕好想要離開。」

「那妳最後是怎麼成功把自己帶來這裡的？」

「什麼意思？」

「正念練習，我最近在練習這個。」我說：「再糟糕的事情都會有它正面的意義，而我們所要做的就是把這個正面的意義找出來，這就是所謂的正念練習，而正念練習可是連重度憂鬱症者都可以有明顯改善的喔。」

「妳是傳教士之類的嗎？」

「不是，我是高中老師。」

「輔導老師？」

「我教國文。」

「喔，電影真善美，女主角也是老師，家庭教師吧，我想。」

「吭？」

「沒事。」

沒事，李妮說，然後淺淺的笑，在那抹淺淺的微笑的五天之後，我們開始變成朋友。

第二章

別人怎麼評價妳，妳就也那麼看自己嗎？

之一
李妮

第一口啤酒的滋味。

第一次喝啤酒是高中畢業那年夏天，柏彰預定出國的前一晚，我們一群人在KTV幫他餞行，因為離別在即萬般不捨也是為了阻止自己隨時會嚎啕大哭所以就往喉嚨裡倒進一整罐啤酒，接著直接醉倒被柏彰和布萊恩扛回我家客廳沙發上橫放，如今回想起來我也不知道是要驚訝自己居然曾經如此深愛過柏彰、還是驚訝曾經一罐啤酒就足以將我醉倒。

之後就是高餐調酒社了，那是我們和艾力克相遇相識的地方，在那裡我們簡直像是社長的實驗對象那般，喝下他按酒譜比例調出的各式調酒，以及他按自己想像調出的各種可怕創意調酒；那是我第二次喝醉的地方，那時候我以為長島冰茶是茶飲。

「欸，你記得我們調酒社的社長嗎？」

開口，我試著問正在開車的艾力克，記得啊，他說，他還說：

「那時候我們總是把庫存酒喝光，搞得他還得回餐飲系偷基酒來調給我們喝咧。」

「有一次我還喝醉了，長島冰茶那一次。」

「嗯。」

「我後來是怎麼回宿舍的？」

「傑森揹妳回去的。」

「為什麼是傑森？我一直搞不懂這件事情。」

「我們那時候以為你們兩個在曖昧。」

「我們沒有。」

「嗯。」

實際上我們最接近曖昧的時刻是學期結束時大家準備搬出宿舍的那天，他開著黃色金龜車在我眼前停下來，按下車窗咧開那張寬寬的好看的嘴，裝出一副只是順口問道的表情但實則他的眼神卻洩露了緊張。

「學妹，要搭便車嗎？」

直到很久很久以後我都在想：如果那時候我選擇上車呢？會不會後來的一切都不一樣了？是不是我就不會變成一個離婚的中年女子了？

「你前面7-11停一下，我想買啤酒。」

「現在還沒中午耶小姐。」

「我媽還在不高興我離婚的事情，說我讓她很丟臉，」妳是我們家族中第一個離婚的女人，她總是喜歡說這句話來噁心我。「不然本來今天我是要回家的，才沒空陪你去什麼產品分享會咧。」

「少在那邊。」

少在那邊。艾力克說，但還是在7-11臨停，接過我遞給他的可樂，他試著問：「妳最近是不是喝比較多？」

我不喜歡這個問題，於是我自顧著說：

「我們之前重新聯絡上了，和傑森，他突然從臉書發私訊給我，祝我生日快樂。」

「然後呢？」

「那天我自己一個人在工作室喝到宿醉醒來看見他的簡訊，雖然頭很痛，但是很高興。」

「原來你們還有聯絡喔？」

「就很久以前在臉書重逢，變成互相按讚但從不留言的臉友這樣。」

「然後呢？」

「他開了一家啤酒店但是疫情期間收了，現在搬回老家住，改開文青咖啡店，不過嚴格說起來正職是投資，期貨。」

「期貨。」艾力克吹了個口哨，「股而優則選，選而優則期。他聽起來是老手嘍。所以咖啡好喝嗎？」

我瞪著他眼底刻意擺明的笑意，跟著也笑了出來。男人。

「結果真的只是單純喝咖啡而已。」

沒有火花沒有再續前緣沒有什麼把當年未竟的遺憾給圓滿的情節發生，也沒有怦然心動的感覺。

「我沒有問他幾點關店，他沒有要我到家打電話給他報平安這類的溫言柔語，那天回到家的時候我還真心檢討自己是不是太久沒談戀愛所以生疏了？是之前我在訊息往來時自作多情會錯意？還是那天面對面聊天時太過笨拙沒有意會到什麼弦外之音？所謂怦然心動的這種生理現象是不是中年之後就會完全不見？是不是人到中年就必須隱藏起依舊想要愛人依舊想要被愛依舊盼望愛情的心情？人到中年就不配被愛嗎？」

艾力克沒有回答我這一連串關於中年的提問，他只是淡淡地說：

「妳要是也多用這種聲音跟陳柏彰講話，搞不好根本不需要離婚。」

「什麼聲音？」

「那種軟軟的聲音。妳有時候會不經意飄出那種聲音，通常是喝了幾杯之後，都沒有人告訴過妳嗎？」

有。

「我又不常跟別人喝酒。」

「這倒也是。」

我還不夠厚臉皮嗎？

低頭我看著右手空白的無名指，耳邊我想起最後在餐酒館裡的那次見面，「又用那種聲音講話。」他說，然後握上我的手。

「又用那種眼神看我。」

「什麼？」

「沒事。」坐直身體，指著前方座落在水庫旁的景觀餐廳，開口，我揶揄他：「坐下來之後有需要我一直握著你的手嗎？」

「煩耶，下車啦。」

今天是原料廠商舉辦的成品發表會，之所以會特地陪艾力克出席是因為他說如果只有自己一個人的話就不要特地來參加了。所有認識艾力克的人都不相信他其實是一個社恐者，大家眼中的他總是活潑機靈講話好笑，總是能夠輕易把烘焙教室裡的貴婦學生們逗得哄堂大笑；然而足夠認識艾力克的人就會知道那只是他長大之後鍛鍊出來的生存之道，實際上他真的無法在社交場合裡主動找人搭話，他會僵住，生理上的僵住。防衛，彷彿已經是寫在基因裡的防衛。

實際上最初也是我主動走向他搭話，而當下他的第一個反應也是僵住。

那是在高餐的學生餐廳裡，真是難以想像已經事隔多年我卻依舊印象深刻，當時的艾力克對我而言只是那個調酒社裡不太喝酒但認真學習調酒的烘焙系男生，每次都會不厭其煩地扛一大袋烘焙課上的麵包來給我們吃，吃得我們那幾年幾乎要得到麵包PTSD。

「丟掉浪費啊材料費又那麼貴，而且我們做得很累耶，廚房好熱。」

艾力克總是這麼說，他還說當初之所以選調酒社只是因為覺得很划算，因為酒很貴，而且他很想要學調酒，他說他都想好了，他們烘焙業下班得早，或許他把調酒學會了，以後晚上還能去酒吧兼差呢。

那時候我只覺得這個烘焙系男生真是精打細算熱愛賺錢，從來沒想過為什麼他要這樣？或者應該說是，為什麼他需要這樣？直到和布萊恩在學生餐廳遇到他時，才開始慢慢有點知道原因。那時候的艾力克總是獨自一個人買一碗白飯，然後快速地走向湯鍋舀湯拌飯，接著他會選定最角落的位子坐下，獨自而又快速地吃完，不確定是因為飢餓還是不想被看見。

「那個烘焙系男生大概是我看過最小氣的人吧。」

當時我還這麼告訴布萊恩，直到每天每天，日復一日的重複，我終於忍不住好奇而端著餐盤走向他，問：

「我可以坐你對面嗎？」

他嚇了一跳，僵住，而我也沒耐心等他回答，自顧著就坐下，繼續問他：

「你每天晚餐都只吃這樣，是因為沒錢還是在減肥？」

他還是傻傻楞楞呆呆地反應不過來，我當時真是忍住沒發脾氣：

「我觀察你很久了。你晚餐怎麼都只吃這樣？」

然後，真的，終於他開口說，他當時真的開口這麼對我說：

「妳不是我喜歡的類型。」

這下換成是我楞住，我簡直不可思議地盯著他看，然後才爆笑開來：

「你白痴喔。」我笑到抱肚子，接著把餐盤推給他：「幫我吃掉，我在減肥。」

他還是看著我，文風不動。

「你也不是我的菜好嗎？莫名其妙。趁熱吃啦，還是你比較喜歡吃雞腿？」

「炸排骨很好。」他聲音低低地說，他說：「謝謝。」

「以後都一起吃飯吧，六點這裡見。明天要雞腿還爌肉？」

「為什麼對我這麼好？」

「因為我們同血型，以後如果發生意外缺血時，你就可以捐血給我，所以我不能坐視你營養不良不管。」

「妳怎麼會知道我們同血型？」

「我當然不知道，因為我是亂講。」

「嘖。」

「可能是我從小就喜歡餵流浪狗吧。」

「喂。」

我們就這樣變成朋友。從一起吃晚餐的朋友，慢慢變成一輩子的朋友。我們仨。真正變成朋友之後，有一次我們仨在晚上的籃球場邊，一邊計算著小港天空中來來去去的飛機，一邊漫不經心地聊天扯屁時，艾力克才慢慢地說起我們剛剛認識的那一年是他家中經濟最糟糕的一年，那一年他家裡經商失敗，負債上千，最後連房子都差點被法拍。

「在我繳完學費的隔天家裡就收到法院寄來的掛號信，我都不知道該高興還是該難過，還好學費先繳了，不然我媽大概就不讓我來念了吧。

「真的窮到過不下去了，肚子一直好餓，但麵包是真的吃怕了，就鼓起勇氣打電話問我媽要錢，其實我都算過了，一個月只要給我三千塊就好，就足夠我活下去了，可是她連那一點錢都沒有，想起來真的好悲哀。」

真的好悲哀。那一年的艾力克說，在高雄小港的天空之下，把那些傷心委屈和絕望說給天空中起起落落的飛機聽，也說給我們聽；而很多年之後，那個曾經窮到只吃得起學餐裡的湯泡飯、連悲哀都無力的男孩會變成名店老闆斜槓烘焙名師。

如今這位老闆名師依舊坐在我的對面，我們之間擺著的不再是學餐裡的友情餐盤而是這依山傍水的景觀餐廳端出來的韓式人蔘雞湯套餐，我聽著艾力克用他那或許接受訪問或許課上教學的職業口吻嫌棄著：

「難吃死了，這家餐廳的廚師到底知不知道什麼是韓式人蔘雞湯？他要是我的員工我一定馬上送他去韓國連吃八天人蔘雞湯才准回台灣。」

「他可能只是學會怎麼寫這幾個字然後就高高興興地寫在菜單裡開賣了吧。」

我接腔，而艾力克高高興興地笑了起來，那種，男人通常使用的丹田笑聲，聽著艾力克的笑，我突然分心地想起他以及他的各種笑聲。

「你有沒有聽過那種很像青蛙在打嗝的笑聲？」

「什麼東西？」

「沒事。」我說，並且試著把注意力拉回來，快速地環顧四周，我告訴他：

「你左後方有個紅色上衣的小蠻腰妹子很辣，反正人蔘雞很難吃，你何不算了別吃現在就拋棄我走過去搭訕她呢？」

「妳口中的妹子跟我們差不多年紀，感恩醫美讚嘆醫美，她是兩個小孩的媽分別是國中和小六，原生家庭很有錢工作能力也卓越，離婚的原因是前夫多次外遇。」

「你怎麼知道？」

「我們約會過，我一走進來就先注意到她了。」艾力克不動聲色地說：「那次我還請她吃一客上萬塊的鐵板燒以示我的真心對待，結果哪曉得她最後趁我去上廁所時偷偷把帳單付了。」

「這樣很好啊，表示她不是看上你的錢。」

「可是我不喜歡這樣。」

「為什麼？」

「我就請問妳，如果接著我們上床的話，那算是我睡她還是她睡我？」

「沙豬。」真受不了，我於是在桌底踢了他一腳，說：「去幫我問有沒有燒啤？不然生啤酒也可以。都快十月了還這麼熱。」

「妳又要喝喔大小姐？」

「難得我今天不用自己開車。」

「妳喝冰紅茶就好啦。」

我瞪著他。

「好啦。」

艾力克喊來服務生要來兩杯生啤酒，一杯給我一杯給她，他從頭到尾都沒有轉過頭去、只是拿起手機傳了個訊息。我沒看他輸入哪些字句選擇哪些貼圖。

「沒睡過的更難面對。」

艾力克說，放下手機之後他開始說。

那天算是他們第一次約會，為此艾力克訂了那家很難預約到的高檔餐廳以及擁有兩面窗景的高樓層房間，女方看起來應該是前一週就開始節制飲食前一天美體美髮當天喝足夠的水以保持溼潤，然而到了雙方都如此正式且期待的第一次約會那天，故事情節卻直轉急下，他們句點在鐵板燒店門前，他幫她叫Uber，獨自走回兩面窗景的高樓層房間。

她被結束得莫名其妙。

「只因為她擅自買單？」

我很受不了地問，而艾力克則很認真地說：

「妳沒窮過不會懂。」

「又來了。」

「如果生下來的話，應該國中了。」

「好啦。」

「真希望知道是兒子還是女孩，像她還是像我。」

我於是握了握他的手。

那是艾力克大學時期的女朋友，大三實習時認識的女生，性格很好的一個女生，那時期的艾力克是我記憶裡最閃耀的時期，是的，不是後來功成名就的艾力克，而是和她在一起時的那個艾力克；後來女生懷孕了，而艾力克開開心心地求婚，滿腦子計劃著雀躍著就要擁有自己的家庭，要不要再去兼第三份差呢？他如此盤算著，說起來大概也得開始看房子了吧？突然要拿出一大筆頭期款的確有點困難，不過布萊恩應該會借他吧？還是看那種低頭期款零自備的預售屋好呢？先求有再求好吧？真是太難決定了，所有的難以抉擇都令他感覺到快樂。要買三房還是四房？他繼續快樂猶豫著，太難了，他簡直無法決定他們會想要幾個小孩，兩個還三個？三個的話就要買四房對吧？還是牙一咬直接買透天？啊啊，真是甜蜜的煩惱。唯一可以確定的是房子會買在她娘家附近吧，方便就近幫忙照顧小孩以及接送之類的，他都想好了，真的。

然而女生的爸爸不給嫁，嫌他們未婚懷孕，也嫌他家裡窮，就憑你這個騎機車的？是的，女生的爸爸的確當場這麼說他。

「我看了夠多你們這種家庭出身的小孩，我的女兒還沒有悲慘到要嫁到你們那種家庭去。」

什麼叫作我們這種家庭？什麼叫作我們這種家庭出身的小孩？那時候的艾力克很想問，可是他不敢問，覺得自己沒有資格問，而且好像那位父親說的都對，他只是站在自己女兒的角度說話而已，那你呢？你為什麼都沒有站在我女兒的角度替她想一想？你這麼窮還居然想娶她？

也沒有資格阻止女朋友被爸爸帶去打掉小孩以及提分手。那是我們第一次看到艾力克哭，貧窮沒讓他脆弱過，而家裡破產也沒有，可是那一次，他哭了。

他被徹底地輕視，還留不住自己的孩子。

後來艾力克翻轉人生的第一件事情就是給自己買BMW X6，那時候布萊恩負責陪他去看車交車，而我則負責陪他專程開車回一趟高雄。

「陪你去楠梓分局幹嘛？你要報案喔？」

「她爸還在楠梓分局。」

「你很無聊耶，都已經分手幾年了。」

「不然我自己去也可以啊。」

「好啦。」

那一年的楠梓分局，以及那一年的艾力克，按下車窗，他說：

「結果他還是開TOYOTA。」

「什麼？」

「他以前非常看不起我啊，說我是什麼窮人家的小孩，窮人生窮人，這類的話我都忍了，因為他說他是刑警吧、這些他都看多了，的確吧，我就只是個騎機車的、是要怎麼娶他女兒？

「我就忍到走出他家門，然後看看車庫裡停放著什麼車呢？結果只是TOYOTA。而且妳看都幾年過去了，他還是只開TOYOTA。這話我只跟妳講，真的，我此生都不願意和開TOYOTA的人當朋友，就是連停車吧、我都不願意停在TOYOTA的旁邊。」

「或後面。」我說，「而且搞不好這位爸爸開的還是當年那輛 TOYOTA，我看這輛車好舊了。」

「我喜歡妳這個說法。」

「欸，下車啦。」

「幹嘛？」

「紀念你開 BMW 來看 TOYOTA 啊。」

「妳白痴喔。」

艾力克說，艾力克笑著說。艾力克下車讓我拍照，兩張。

此後他每次換新車，總是會專程開回高雄到楠梓分局停車場和老舊的 TOYOTA 拍合照，很幼稚，很無聊，可是我好像可以理解為什麼。

之二

郭庭芸

今天是管院的迎新晚會，昨天晚上班代早早就在群組裡情勒我們最好全班全員出席以展示我們系所卓越的凝聚力，今天下午必修課的講座上她甚至直接點名我們最後這三個依舊填寫不出席的頑劣分子、當面情勒：

「這次的餐費是碩二的學長姐們出的，我們不出席就是不給學長姐面子，明年也會輪到我們替學弟妹們主辦，難道你們也想要被未曾謀面就直接拒絕出席的學弟妹們洗臉嗎？有點同理心吧大家、都社會人士了。嗯？」

好會講話。好想知道班代是任職學校哪個處室的職員、練就這麼一身情勒的好功夫？結果第一個舉白旗投降的是東翰，「浪費一個晚上的時間參加好過後來被班代無止境碎唸，她長得就一副很愛記恨的碎唸臉。」後來，東翰這麼告訴我。

我猜她是軍訓處的，因為當東翰投降之後她立刻把我當成下一個攻克的目標，而且還是手到擒來的那種，因為她是直接對我下達指令：

「反正妳家住得遠跟誰都不順路，不然妳就載李妮好了，餐廳的停車位有限、附近也不好停車，所長希望大家盡可能地共乘。」

「我可以自己搭Uber。」

李妮說，而班代立刻非常差別待遇：

「別見外啊妮姐，庭芸會非常高興有這個機會可以和妳進一步聊天呢，對吧庭芸？」

真的很會。我猜她是祕書室的。

結果她是課外活動組的行政職員，真是驚呆我了，而更驚呆我的是李妮那天的自我介紹可能不只是玩笑。這會兒我正眼看著她手裡拿著一罐金牌坐上我的副駕，然後問：
「妳車上可以喝東西嗎？」
「喔，欸，要吃東西也可以，如果妳肚子餓的話，要來塊餅乾嗎？我包包裡面有，以防止低血糖。」
「不用麻煩了謝謝，我討厭餅乾。」
她說，然後打開金牌開始暢飲，像是解釋也像是找話聊似的，她說：
「我前夫的車子裡面絕對禁止飲食，連白開水都不允許，然而在家裡每次吃完東西、餐盤他就隨手擱在那裡，喝完飲料也是，老是長螞蟻，我總是得跟在他的屁股後面收拾，然而他的車子卻連白開水都不給喝，我簡直不敢相信有人可以雙標成這樣。」
「被寵壞了。」
「什麼？」
「我哥也是那樣，吃完飯後我阿嬤老是對他說：放著就好，阿嬤來收。不過很奇妙的是，他和他老婆生活的時候，倒是都會自動收碗筷洗碗。」

「那個叫作生存本能，男人是自帶這種生存技巧的，只是取決於他們需不需要用上而已。」

很遺憾的、顯然她前夫和我家老公都判定自己並不需要使用上這種生存技巧，撥開這個令人沮喪的念頭，我繼續說：「不過我阿嬤從來不會對我這麼說，她比較常叫我去收桌子洗碗筷。」

「我媽也這樣，不過我才不管她。」

「呵。」呵。「不過我家是反過來，都是我隨手亂放被我老公唸，他有潔癖，很嚴重，完全無法看到蟑螂和螞蟻，任何一種的昆蟲都足以令他崩潰。」

「所以家裡都是他收拾？」

「哪可能啊！剛結婚的時候我甚至因此做惡夢，半夜嚇醒以為自己睡覺前忘記洗碗倒垃圾然後被他罵。」

我說，而她給了我一個微妙而不失尷尬的表情，我於是試著轉移話題：「妳剛剛說前夫，所以你們離婚了？」

「去年十二月，我們的婚姻沒跨過今年。」

「你們有小孩嗎？」

「沒有，他不想要。」

「那妳呢？」

「本來不知道，等我知道的時候也來不及了。」

那是幾歲的時候、這所謂的來不及？我的意思是、女人究竟是要到了幾歲才會意識到自己已經來不及？我很想問，可是我不敢問，畢竟這個問題有點私密而我們也好像還稱不上朋友，再說她又是個公眾人物，我可不覺得她會願意告訴我那麼多私事；於是我決定換個比較輕鬆的話題告訴她，晏嬋是她的忠實粉絲，她人生中的第一道滷肉燥就是看著她的視頻學會的，晏嬋那時候試過各種版本的滷肉燥，結果發現就是她教的版本最好吃。

「莫名有種高級感，彷彿吃著吃著空氣中會自然而然響起交響樂那樣。」

「妳朋友一定有照我的食譜按比例放大紅袍。」

「什麼是大紅袍？」

她沒告訴我什麼是大紅袍，她只是低頭看了下手腕上的百達翡麗然後說時間還早但是餐廳到了，非常感謝我載她一程、但此刻她比較想要自己去附近的便利店喝一罐啤酒穩住心情。

「妳不是才剛喝完一罐？」

我反射性地問，而她顯然並不喜歡這個問題，她冷冷地回答：

「那不一樣。」

那不一樣，那是某種儀式感之類的事情，她說。她說雖然自己大概算是個公眾人物可是其實她非常社恐，每次遇到這種社交場合總是得先就近到附近的便利店喝杯啤酒鎮定心情。

「所以我總是獨自一個人拍片剪片，沒有旁白只有字幕和輕音樂，告訴妳、我甚至很討厭聽到自己的聲音呢。可是後來有一天，有一個人告訴我，他很喜歡聽我講話，他很喜歡我的聲音，他說——」

我等著她繼續說，可是她突然意識到什麼似的突然止住這個話題，然後生硬地換了個話題，問：

「我猜妳不是我的受眾族群吧？」

「欸，庭芸不會煮菜，嗚嗚嗚。」

她轉頭看了我一眼，表情像是看著什麼小動物那樣，本來想要說些什麼結果又把到了嘴邊的話收回，轉而問：

「妳幾歲？」

「九月剛滿三十二。」

「那我猜妳大概也不看綜藝節目。」

「欸。」

她提起一個綜藝大哥大的名字問我是否知道？我說我當然知道，我媽媽是他的忠實觀眾，我爸爸的幽默感則是跟他學的。

「那恐怕不是一個好現象。」

她說，然後自顧著笑了起來：

「有一次那位大哥告訴我、其實他也是個社恐仔的時候，我還滿心以為他又在講笑話說段子。」

「結果不是嗎？」

「結果不是，那是他難得講出的真心話之一，雖然當下大家都不相信，不過，人真的不能只看表面。」

「嗯。」

「總之，謝謝妳載我一程，回去我會叫 Uber，我打算上第三道菜的時候就先閃人，否則我大概會社恐癌發作整個晚上躲在女廁跟我的朋友傳訊息直到他們受夠了然後我就開始看影片等散場。」

「我可以坐在妳的旁邊陪妳聊天啊。」

「請不要這樣做。」

她幾乎是立刻接腔說道，快得讓我一時以為她是在開玩笑所以還配合著呵呵笑了幾聲，可是結果她臉上的表情顯示著她此刻的認真，她的確認真地希望可以自己一個人靜一靜。嗚嗚嗚我好丟臉喔。

結果她也沒有等到第三道菜。

表定的開菜時間是七點，然而直到八點鐘我們還在經歷師長致詞以及看學長姐表演魔術和跳舞，大家都十分飢餓卻又得體地忍耐著不好說破，就唯獨李妮例外，此刻她正在說：

「正常來說桌上都會給一盤堅果讓客人墊胃的。」

她不說還好，一說我就整個腦子裡都是堅果的畫面，我此生對於堅果的渴望就數此刻最強烈，這樣不行，趕快換個話題，我小小聲地問她：

「妳剛剛是在便利店喝了幾罐？」

「我有噴香水了，難道還聞得出酒味嗎？」

她抬起手腕聞了聞，服務生因此會錯意過來問她有什麼需要服務的嗎？我深信不疑此刻整桌的人都在期待她會直接說：「請給我們一碟堅果，如果每人一碟那是更好。」然而她沒有，她要的是服務生把桌上那該死的紅酒打開。

「需要幾個酒杯呢？」

整個桌邊只有她舉手。

「妳這樣算是混酒了吧？」

我小小聲地問她，然而相較於我的擔心，她整個人倒是非常鬆弛，說：

「又沒差，反正我已經空腹喝酒了。」她說，她開始跳躍式地說：「而且我真的很討厭這種奇怪的民間習俗，我是說，明明就有個表定的時間也總是在請帖上註明了會準時開桌，然而大家就是可以預測彼此的預測，所以明明能準時到的偏偏都還是遲到了，為什麼要這樣呢？準時開桌很難嗎？我們結婚的那天也是，柏彰都氣死了。」

她的音量有點大，聲音裡也透露出微微的醉意，不過截至目前為止大家都還可以順著話題聊起各自的婚禮或者參加過的婚禮場合，氣氛都還算歡樂，畢竟怎麼說都算是個好聊的話題，再說人們通常有喜歡認識名人的傾向，更別提居然還是把酒言歡聊過來的氣氛，雖然那瓶紅酒從頭到尾都把持在她手上。

當我們逐漸發現事態不妙、桌上那瓶紅酒貌似不知不覺中就要被她獨自喝乾時，是因為她開始興高采烈地給我們整桌人即席教學西餐禮儀。

「我看，我也來喝一杯好了。」

東翰試著婉轉地說，趁機巧妙地拿走她手中的紅酒，於是她轉身意圖舉手招來服務生再喊一瓶紅酒，我順勢撥下她的手，請教她關於紅酒的知識。

「我想不起來那天我們喝的是哪支紅酒。」

她沒頭沒腦地說，而我們則開始交換眼神，保持警戒。

「我好想問他。」

「問誰？」

「紅酒，那天我們喝的是哪一支紅酒，天啊，原來我還是很想他。」

「李妮，這是幾根手指頭？」

我問，而她打掉我的手，突然間嗨了起來：

「真的快餓死了，我看這樣吧！不如我來煮給大家吃好了！廚房在哪裡？」

她大聲地宣布，然後快樂地起身，而我和東翰也是，只不過她是起身尋找廚房的方向，而我們則是為了把她帶走。

那天和東翰一起送李妮回去之後我非常難得地失眠，都想不起來最後一次半夜三點還醒著不睡是什麼時候的事了？喔好吧，我突然就想起來了，那是高二那年阿公過世的時候，那時候阿嬤叫我負責守靈以防止她心愛的孫子也就是我哥會耽誤到長高或者讀書的時間，我很確定我爸本來想要說些什麼，可是後來出自於對媽媽的愛與敬意於是他還是選擇把話吞回去；結果誰曉得後來考上師範大學的人是卻是我，這是阿公的遺願，我們全家族的人都知道，阿公一直很希望家族裡能夠出一個老師，因為這是阿公此生的未竟之業，阿公此生始終都很想當上老師，阿公想要當老師的意念強大到他宣布死後要把自己捐作大體老師。然而最後阿嬤並沒如他的願。

「不三不四。」

阿嬤說。

剛剛成為高中老師的時候也有些輕微的失眠症狀，起先只是連夜趕教材或出考卷或回答家長們的他媽的不知道老師也有下班時間的笨問題，例如他兒子最近壓力很大是不是妳出太多作業害的？又或者某某得到九十分而我女兒卻只得到八十六分妳是什麼意思……諸如此類的，當然這些煩人的訊息不回也是可以，然而我就是被現實鞭打到學會即刻處理回應是最省心的選擇，否則難保隔天這些小心眼的直升機們告狀到校長那邊，我不但還是要處理、甚至還得多寫一份報告呢。

打不贏就加入它。這是汶康一直在教導我的處世原則。

然而，那也都是結婚前的事情了，結婚後汶康才不允許我熬夜處理這些事情呢，原因是他說我會因此干擾他的睡眠。

「可是我在客廳用電腦但你已經在臥室了啊。」

「我就高敏感族群，測到105分！」

汶康說，而我當時立刻投降，否則別說高敏感是什麼了，接著會是更多更多的藍光或者電磁波之類的即興教育吧？

所以此刻和李妮相處了整個晚上還送酒醉的她回家的我確實百思不得其解：憑什麼她可以那麼直接那麼表達自己？憑什麼她覺得自己可以直接拒絕班代的提議甚至是直接拒絕我友善的陪伴？憑什麼她可以在大家都假裝沒事拚命忍耐的時候選擇說出每個人心中的想法？就憑她是個名人嗎？甚至，天啊，我簡直痛恨自己這麼想，不過：所以她的婚姻破裂是因為這樣吧？因為她不夠懂得忍耐嗎？

所以女人到底是要幾歲才會覺得太晚？

第三章

妳委屈了自己，
是為了成全誰的夢想嗎？

之一
李妮

隔天醒來的第一個生理現象是頭痛欲裂而心理反應是不想面對：我昨天是怎麼回家的？從哪個時間點開始斷片的？我為什麼好像記得自己正在教同學們如何折餐巾紙？天啊，好想死。除了心理上的不想面對、生理上也是極度缺水，我往喉嚨裡丟了一顆B群同時灌進兩大杯水之後還是止不住地全身上下由裡到外都十分乾渴，而且我的嘴巴好臭，沒有卸妝就睡覺我的臉會不會已經爛掉？真是難以決定又餓又渴又臭的我究竟是該先做哪個好？刷牙吃早餐還是去洗澡？頭還是好暈，地板彷彿在我眼前跳舞，踢踏舞。

撐過一陣強裂的天旋地轉的暈眩之後，保險起見我決定先傳訊息給布萊恩。

：在台灣嗎？我頭爆痛，還犯暈眩。

：算妳好運剛好在。妳怎麼了？

：宿醉。我需要解酒液，韓國那一牌綠色瓶身的。

：半小時後到。

布萊恩半小時後提著一袋早餐兩罐解酒液和滿臉看好戲的心情走進我家客廳，而他開口的第一句話是：

「哇，妳看起來只比死掉好一點，昨天是喝多少，這麼嗨？」

「沒喝多少，只是空腹喝酒又喝太快而已。」

「哪個不長眼的居然敢讓妳空腹喝酒？」

「學校迎新。」

「那種無聊的場合有需要喝醉？」

「只是因為肚子餓而已。」

「什麼意思？」

「說來話長。」

我艱難地起身，婉拒布萊恩遞過來的早餐，說：

「我現在一吃就會吐，整個人還在天旋地轉中，我把最後的力氣用在洗澡和刷牙了。」

「我就知道，就跟我老婆說妳宿醉一定沒胃口吃早餐她還硬要買。」

布萊恩一邊嘟噥著邊吃了起來，接著一如既往挑在這種特別難受的時刻聊起令我特別難受的話題，他說：

「這種時候是不是會特別懷念陳柏彰啊？我記得他都會煮雞蛋味噌粥給妳解酒。」

「是啊，他只有在我人不舒服的時候才會對我好，如果我曉得一直裝可憐或者病懨懨的話，那麼我們的婚姻大概就會永保安康啦。」

「哇哇，是這牌子的解酒液速效還是陳柏彰這名字有魔法？妳簡直是從垂死狀態直接滿血復活耶，難怪大家都說前妻是世界上最可怕的生物。」

「好了啦，我還在暈，而且頭很痛。」

「好啦好啦，妳好好休息，記得還是要吃點東西，如果到了晚餐還是不舒服的話，我再帶全家過來看妳，那兩隻非常活潑，保證妳被熱鬧到原地復活。」

「你敢帶他們兩個來我家就給我試看看。」

我氣到笑出來，可是一笑頭就更痛。

目送布萊恩離開之後我繼續呈現癱屍形狀躺在沙發上靜待陣陣的暈眩襲來且平息，等到我終於稍有體力起身活動的時候窗外的天空已經暗了下來，走進廚房快速地給自己煮了碗雞蛋味噌粥，無法解釋為什麼每次從宿醉中恢復過來的第一件事情就是要吃一碗雞蛋味噌粥，或許是一種制約的表現？或許我的碩士論文就來寫制約？

我太習慣妳了

「我太習慣你了？」

開口，我對著雞蛋味噌粥試著這麼說，低頭拿起手機拍了張照片傳給柏彰：

你煮的比較好吃。結果被秒讀，但不回。非常熟悉的風格，非常陳柏彰，以前我總是被他這態度氣死，現在我只是安靜的把雞蛋味噌粥一口一口吃進肚子。

「他已經不關妳的事了。」

我告訴雞蛋味噌粥，而雞蛋味噌粥沒有回應我，跟柏彰一樣。

「都是我的錯嗎？」

開口，我這麼問自己，然後，我聽見自己接著說：

「夠了，閉嘴。」

閉

嘴

突然想起我們第一次真正決裂鬧離婚時已經兩個月不肯跟對方說話了，於是哀莫大於心死的我簽了離婚協議書放在客廳桌上然後第一次搬來當時還只是工作室的這裡避難，而結果柏彰的反應是把協議書扔進垃圾桶但是卻繼續冷戰不說話，最終那場冷戰耗時三個月才在布萊恩有意為之的介入和調停之下結束。

記得那時候我還非常認真地請教布萊恩、究竟是如何能夠辦到結婚多年還和老婆恩愛如初？

「誰說我們還彼此相愛了？」

結果當時布萊恩如此反問我，接著說起有次他帶團認識的女團員。

「我第一眼看到她的時候就知道會出事，妳曉得那種明明是茫茫人海但視線卻直接被某人聚焦的感覺嗎？」

我後來知道了。

他們在旅途中互動良好終至情愫漸長，最終確認彼此心意是在國內線轉機過海關時，那是個連大型行李都必須通過海關檢查的嚴格機場，而他幫個頭嬌小的她把三十吋大的行李箱扛上人類腰身高度的行李轉盤；而那其實是非常冒險的行為，因為一旦幫某位團員多做了什麼，其他團員通常就會起而效尤或者抗議不公，更別提對象還是年輕貌美的女孩，那絕對是領隊們帶團時避之唯恐不及的專業素養，尤其他們還是那種一次行程就十幾萬的高價團旅。

「這些我都知道，我都帶團二十年了又不是菜鳥領隊，可是我那時候就是忍不住。」

回到台灣之後也是，布萊恩帶著她遺落在遊覽車上的香奈兒墨鏡去她居住的城市還給她，而為表誠意，她則煮了咖啡請他喝。

「她煮的咖啡好喝嗎？」

「不知道，等我們回到客廳的時候咖啡已經冷掉了。」

「呿。」呿。「難怪有一陣子你很常去台中。」

「婚姻就是這樣啊，什麼事情都在發生，可是你總曉得什麼是最重要的，總是知道最後還是要回家，因為那不是房子而是家，是你們一手建立的家庭。」

男人藏得很深啊。布萊恩在那天最後這麼告訴我。

「這就是為什麼陳柏彰把協議書扔掉，他不知道該怎麼辦，爸媽沒教而他也不會，可是他不要離婚，他希望妳回家，陳柏彰很愛妳。」

那他呢？

把雞蛋味噌粥吃光的時候，我突然很想知道如果換成是他、會煮什麼給宿醉的我解酒？還是他會比我先醉倒？那麼我會煮什麼給他解酒呢？搖搖頭，在獨自一個人的廚房裡，我張開嘴巴大聲而緩慢地告訴自己：

「他搞不好早就忘記妳了。」

「他早就忘記妳了。」

「他忘記妳了。」

「好。」

好。

洗碗，洗澡，睡覺。

如果說週日要應付的是生理上的宿醉不適，而週一要面對的則是心理上的尷尬羞愧，隨著逐漸恢復清醒，我也慢慢回想起迎新那晚我好像不只是站起來教全桌的同學們折餐巾紙而已，天啊，好想請假，還是乾脆休學算了？完全不想面對。原本從停車場到教學大樓的這段上坡就走得我又喘又討厭，而今天則更是走得我舉步維艱、抬不起頭，很害怕會遇到同學們，更害怕會被他們視而不見還避之唯恐不及。

結果在電梯前我就遇到東翰，以及下一秒從後面慌慌張張跑來的庭芸：

「嗨，李妮。」

「等一下！」

在這短短六個樓層的電梯裡，我想起有一年和柏彰去土耳其旅行的回憶，我們在某一天的晚餐因為某件微不足道的小事而大吵一架，被柏彰當眾破口大罵的我硬是把眼淚忍到回房間才開始哭，而柏彰更是回來之後完全把自己關在陽台吹著整夜的海風生悶氣，明明應該是浪漫的愛琴海邊結果卻被我們過成了眼淚和怒火。我們好厲害。

隔天起床時我才發現柏彰不知道什麼時候回房間睡而且還把燈關了。

「你是不是怕燈開著我會睡不著？」

本來我是很想這麼半開玩笑、緩和氣氛地說，可是我沒有，很害怕不知何故又引爆他的怒火再起戰線，所以我只是示弱般地問：

「你在陽台不會很熱嗎？昨天四十一度耶。」

「還好，太陽下山之後海風就開始涼涼的。」柏彰說，柏彰接著小聲說：

「下次這樣妳可以先關燈睡，不用等我。」

而此刻的我就是當時和柏彰和好前一秒的心情。

於是我才知道學生時代當眾喝醉的結果是隔天會被笑被模仿而且還很久很久，久到變成青春回憶裡的黑歷史，逢年過節必定被提起還屢試不爽的笑料，笑不膩；而大人世界的當眾喝醉則是隔天見面大家都會得體地裝沒事，宛如房間裡的大象，而我不喜歡那樣。

於是在默默尷尬了一整晚之後，下課時我站在教室門口等著還在收東西的庭芸。

「一起走？」

「妳是特地等我的嗎？」她很驚訝，而我點頭，她於是整張臉都亮了起來，非常簡單而直接的快樂著：「我好高興喔。」

「妳是本來就這麼自然嗨還是在假裝？」

「吭？」

「沒事。」

沒事。

那是我們第一次並肩沿著月光下的坡道走向停車場，往後我們將一次次並肩走在這月光下的坡道，透過一次次的談話，一堂課一堂課的比鄰而座，一分鐘一分鐘的談話分享進而累積成為一輩子的朋友，甚至，在某種程度上，救贖了彼此。

在這第一次月光下的坡道上我首先知道那天是她和東翰送我回家，她很快樂地告訴我、那天我原本聲稱吃到第三道菜就要先自行回家，可是結果我在第一道菜之後就被他倆架走。

「我們真心害怕妳會跑進去廚房煮菜。」

她依舊快樂地說，同時還強調我教的餐巾紙折法太難了，我開始覺得她臉上快樂的表情從可愛瞬間變成可惡。我忍住沒問她那晚我到底是教哪一種餐巾紙折法？我聽著她繼續快樂的回憶：那天主要是東翰揹我上下車以及放回我家的客廳。

「你們為什麼知道我家的地址？」

「那天我們約好共乘，所以我開車去妳家接妳，妳忘了？」

我現在想起來了。當時覺得很煩躁的我回家之後首先不得不做的就是給自己開一罐啤酒很快地喝掉。我聽著她繼續說：

「然後我們問櫃檯物業小姐妳住幾樓幾號之幾？而且跟妳講喔，東翰果真很專業，把妳放倒在沙發之後還特別交代要把妳的臉轉側面，以防止如果妳突然嘔吐的話會被噎到。妳後來有吐嗎？」

有，不止一次。

「因為我家老公不喝酒啦，所以這些細節我都不知道。」

不知道這些醉後照護細節的她倒是因此知道了我家指紋鎖用的是左拇指。

「你們一根一根測試？」

「對啊，這些都還好，反正最多就十根手指頭的各種角度，比較麻煩的是妳那時候一直打人，好像覺得我們是小偷還強盜，好幾次妳都差點從東翰背上滑下來了。」

「謝謝補充說明，我現在想死的心都有了。」

她依舊活潑開朗地笑著。

「雖然妳跟我家老公同年紀，不過我可以直接叫妳李妮嗎？」

「當然可以啊。」

「那也可以問妳一個工作上的問題嗎？」

「需要什麼食譜是嗎？」

「不是啦，我又不會煮菜。」她害羞地說：「妳認識好味小姐嗎？」

「認識啊。」

「好好喔！我超喜歡她的！她講話超好笑的，而且貓又好可愛！我要尖叫了啦！」

然後她真的開始在我耳邊尖叫。

於是我逐漸知道她是好味小姐的粉絲，也開始知道她任教的學校就是我國高中的母校、在又一次的月光下漫步時。

「我就是在那個學校遇見布萊恩和我前夫。」

「好浪漫。」

「才沒有。」我真心地說：「而且我其實差點就會錯過他們。」

我從幼稚園就開始上才藝班和安親班，一週七天裡有六天我都在趕場上課，游泳、鋼琴、畫畫、英文……天曉得我甚至還學過珠心算呢；其實這些我是無所謂，反正我又不喜歡去外婆家而且老師和同學們也都很好相處很好玩，重點是媽媽總是會準時接我趕場各種才藝班，每天還會帶我去不同的館子吃晚餐，而那是我整個童年裡最快樂的記憶：那十幾二十分鐘的車程和媽媽獨處愉快聊天的時光，以及媽媽驕傲地說我是小小美食家還要我替每家館子打分數的歡樂；所以即使三年級開始為了私校考試而增加的升私中準備班很累很煩很討厭，但我依舊願意忍耐。

然而人的耐性總是有限的、更別提還只是個孩子，第一次覺得我的生活不太對勁是小五那年媽媽意外懷上弟弟，對於終於不必再是獨生女的這件事情我是滿懷期待的，我甚至都想好了要把他當成真人版的洋娃娃來餵食及裝扮，然而對於媽媽在坐月子期間理當要調養身體、照顧幼兒卻依舊全身包緊出席我的鋼琴檢定時，我是很有壓力的。孩子或許不懂，但大人們的耳語或爭吵孩子們還會聽到，會害怕，會似懂非懂的以為是自己犯了錯。

不過說來也好笑，當初捨棄坐月子調養產後身體也要偷溜到我的鋼琴課做筆記並且督促檢定的媽媽，卻在我國中課業成績不理想的時候要我終止鋼琴課改成數理加強班，我當時真的氣壞了。

「那是我一週七天裡唯一快樂的一堂課，否則我都不知道怎麼撐下去那麼多的作業和考試，而她居然連那唯一的快樂都要剝奪，就只是因為我真的學不會數學和理化？」

「那妳後來是怎麼堅持下去的？」

「我沒有堅持下去，從國二開始，我就沒再碰過琴鍵。」

「好可惜。」

「而我的應對之道是念高職，純粹只是想要跟我媽唱反調，如果不是因為那時候已經認識布萊恩的話，我搞不好還會故意去念最爛的那所高職咧。」

「唔。」

「可是結果我還是失算了，沒想到高餐的西廚科還是要念微積分，我那時候都氣死了。」

「還是可以重新開始啊。」

「讀微積分？妳瘋啦，我寧願去沙灘淨灘當志工。」

「不是啦，我是說鋼琴啦。」

「……」

「雖然只是匆匆去過一次，不過妳家好像還滿大的？」

「兩房而已，空間都讓給廚房了。」我說，我接著說：「本來只是當作拍片用的工作室，所以那時候也只簡單地裝潢臥室，的確是還有一個空房間，那時候本來是打算當成老公的客房，可是哪曉得他後來變成前夫連貓也沒過來跟我住，離婚後我還得把那些貓跳台啊什麼的拆回去送他們呢。」

「要陪妳去選鋼琴嗎？」

「妳突然地在說什麼？」

「可以變成琴房啊，妳口中的那個空房間。」

「已經變成堆滿雜物的儲藏室了。」

「我可以去幫妳整理喔，我們還滿早下課的。」

「我不知道，我很久沒彈鋼琴了，也從來沒有想過要再彈，感覺好像已經是上輩子的事情了。」

沒理會我的低語，她直接說：

「明天下午四點之後我都有空。」

「那五點。」

「好。」

好。

之二

郭庭芸

理想的一天是這樣：

搭汶康的車一起去學校，利用空堂的時間把上週去北京的研習會報告做好，中午打包第二份營養午餐當作晚餐，希望今天的菜色有雞腿。屁孩們沒有搞事所以我可以準時下課離開學校。汶康覺得我這陣子太累了所以開車載我去上課，上課前我還有餘裕的時間去圖書館安靜地趴著補眠半小時。課堂上的小組討論時我不會又因為過度疲勞而一時失察開始胡言亂語庭芸找不到自己庭芸不知道自己是誰之類的靈魂拷問，因為這個功利的社會並不歡迎大家擁有靈魂，擁有靈魂是令人尷尬的更別提居然還想要公開討論靈魂。回到家時發現汶康把衣服洗了把地板吸了把垃圾倒了而我喜極而泣地抱住他並且一掃疲勞行夫妻義務還不戴套，然後下個月就發現自己懷孕於是眉開眼笑地開始安排請假育嬰假雖然我們連婚假都還沒有用掉，不過這並不妨礙我挺著大肚子寫論文，說不上來為什麼可是我一直覺得那個畫面好性感。

很希望是女兒，兩個。

然而實際上我的今天是這樣：

又睡過頭惹汶康生氣，然後他自己開車去上班嗚嗚嗚，來不及吃早餐來不及塗防曬來不及把扣錯的內衣背扣調整回去，搞得我整天都覺得自己胸部歪歪的好分心。忘記抽屜裡的餅乾什麼時候吃完了以至於整個早上都在低血糖覺得自己就快要暈倒。空堂都在處理男同學在女廁偷拍的糟心事：通知家長、通知輔導室、開校務會議，忍住不要當面嘲笑那個死變態為了檢查畫面所以順便把自己的臉也拍成證據，忍住不要擔心自己是否也被偷拍到，忍住想要痛揍他一頓的衝動，實際上我甚至想要挖掉他的眼睛。這種性變態不配擁有眼睛。

今天還是沒有準時下班，研討會的報告還是沒有時間做，而下週就要上台報告了嗚嗚嗚。

以及，是的，上課前在車子裡補眠被李妮發現，而，這是她開口的第一句話：

「妳長得漂漂亮亮的結果睡覺居然嘴巴開開的，好好笑。」

以及第二句話：

「妳晚餐就吃這個？」

她看著我放在副駕駛座上累到還沒有時間吃的保鮮盒便當，而我則是看著她眼底的，什麼。看著她的眼睛，我聽見自己開口說：

「結果今天沒有雞腿，是蛋炒飯和一顆肉包子，肉包子我沒拿。」

「什麼？」

「學生們也是這種眼神，好像多委屈似的，就開始各種哀號，看得我煩死了，好想要一個個撕爛他們的嘴巴。誰知盤中飧粒粒皆辛苦，現在的爸媽都不教這個了是嗎？我們老師連帶著也要拜託這些死孩子們吃飯了是嗎？」

「妳到底在說什麼？」

「你們這些用錢堆出來的不知感恩的死孩子憑什麼瞧不起我？」

「庭芸？」

「沒事，我只是在講我的學生而已。」

以及妳，同樣是這個該死的學校畢業的有錢人家的小孩，有錢真的很了不起是嗎？

「糟糕的一天？」

「嗯，一堆鳥事，我大概已經第八百次想要遞辭呈不過——」

不過我現在完全沒有心情跟任何人講任何話，我好累，累到連活下去都覺得沒有力氣，累到很驚訝自己居然還在呼吸，我都這麼累了怎麼可能還有力氣呼吸？究竟是哪來的力氣？自律神經給的嗎？可是她還站在車窗外等著我下車一起走。

「突然想到我還有東西忘記拿。」

我說，然後按上車窗，和她揮揮手，就這樣在學校附近開車亂晃直到上課時間接近為止，其實不去上課直接開車回家也是可以，反正這又不是什麼教學嚴謹的學校，只是我不想要這麼早回家面對汶康，不想被他問為什麼這麼早回家不是有課嗎？是不是早就說過了不要選擇離家遠的私立學校就只是因為媽媽讀過覺得很好所以希望妳當她學妹？

夠

了

「你們為什麼都要把自己的標準套用在我身上！」

低頭，我趴在方向盤上吼出這一句話，抬頭，利用紅燈剩餘的十三秒鐘整理好心情，鬆開煞車踩下油門，回歸現實生活。

回到家時汶康已經關燈回房間睡覺，我們好久沒有做愛了，洗澡的時候我突然想起這件事，前陣子要上床之前汶康還會開玩笑警告我不准對保險套動手腳，而我會假裝生氣威脅他何不乾脆自己來就好——天啊，那是多久以前的事情了？我們到底多久沒做愛了？想不起來。我覺得好累，無論是生理上或者是心理上。

那到底是多久以前的事了？我們彼此擁抱，被對方逗笑？想不起來，真的想不起來了。汶康好像又開始犯頭痛了。

相較之下好多了的今天。

今天的汶康看起來氣色很不錯，大概是終於得以一夜好眠的關係吧？我起床的時候他已經買好兩份早餐放在桌上，一如既往坐在餐桌旁邊寫著他的晨間一日計劃表，汶康的計劃表是以十五分鐘為單位，我好佩服他；我問他昨天怎麼那麼早回房間睡？是感冒嗎？還是又犯頭痛了？他點點頭但是並不想要現在談，我於是親吻他的額頭然後提起早餐出門。真希望我們這幾天可以做愛，我這幾天是排卵期。好想要女兒，兩個，一個像他一個像我。

我都三十二歲了。

今天的我直接穿運動內衣出門所以沒再扣錯背扣，但那是因為今天下午有一場教職員的校內羽球賽，本來預計出賽的前輩上個月突然出車禍撞斷了腿，於是想當然耳又是我這個年資最淺的地獄倒楣鬼頂替出場，沒事的，世界別替我擔心，庭芸大學時期是女子籃球校隊；雖然比賽輸了而且貌似被搭檔責難，不過幸好上午很順利地利用空堂把研討會的報告做好了，而比較令我自己匪夷所思的是，今天的營養午餐有炸排骨而我卻沒有一如往常的多打包一份帶走當作晚餐吃，對此我試著告訴自己那是因為炸排骨在微波之後會肉質變老不好吃，然而實際上我自己也知道那是因為李妮的**那個眼神**：妳真的讓自己吃這個？妳真的這樣對待妳自己？天哪，好有存在感和記憶點的女人，明明什麼都沒說，但卻什麼都說了，就只是一個眼神和短短一句話，果真是天生網紅命。

天生網紅命的李妮差不多是在我打羽球比賽慘輸的時候傳了一張照片和一則訊息給我，照片是專業擺盤的紅酒燉牛肉，而訊息則是：反正都要花時間燉煮所以就做了一大鍋，很久沒吃了突然有非常嘴饞，要幫忙一起吃嗎？手邊有保鮮盒的話順便帶過來，沒有也沒關係。

「人家好感動喔，嗚嗚嗚，居然可以吃到李妮親手做的晚餐！」

我情緒滿溢地回她訊息，結果她只是回了個貼圖敷衍，真是難懂的女人，這李妮。

兩份裝在保鮮盒裡的紅酒燉牛肉，在師生休息室裡的我們，心好像因此開始靠近。

「我以為妳是那會讓相機先吃的女生。」

看著直接拿起叉子大快朵頤的我，李妮露出了饒富興味的表情說。

「我不是，而且拍了我也不知道要傳給誰看，我家老公對食物漠不關心所以我也不可能跟他分享，而且結婚之後我就把所有的社群軟體關掉了。」

「為什麼？」

「我老公很討厭社群文化，他說既表面又虛假，每個人都在上面表演自己過得幸福快樂又美好，他很討厭假裝很好的氣氛。」

李妮不置可否地聳聳肩膀，於是我才想到我的這番言論對她的職業而言並不算禮貌，不過眼前她看起來並不怎麼介意的樣子，而話題本來也該就此打住停車，就是不知為何，我突然地說：

「而且我的前男友們都還是我的好友名單互相追蹤留言回應，我老公很不喜歡這樣，他覺得我把自己打扮得漂漂亮亮然後花枝招展地上傳照片接著他們按讚留言互動貌似會有什麼奇怪的意圖，我們交往的時候總是為了這些鬧不開心，所以結婚後我就乾脆把社群帳號都關掉。」

「那妳怎麼跟以前的朋友聯絡？」

「就都沒聯絡了。」

她驚訝地看著我，問：

「妳老公也是嗎？」

「他沒辦法，否則他會跟家鄉的人失去聯絡，我老公是馬來西亞華僑，祖籍廣東。」

「他叫妳關掉所有的社群帳號然後自己卻還在使用？」

我看著她。

「而他的好友名單裡該不會還有前女友吧？」

「有，因為他前女友是他在台灣唯一的好朋友。」

李妮張開嘴想要說些什麼，但是想了想，決定還是把到了嘴邊的話給收回，換了個表情也換了個話題，她說：

「昨天不好意思，我講話很沒禮貌。」

果真是連道歉都很直白的女人哪、這李妮，此刻這位個人風格強烈的女人正在說：

「我前夫是非常直線思考的純理工人，所以如果果我不直白點說話、他就會聽不懂，什麼隱喻暗喻比喻，含蓄或矜持，我早就全部放棄了，而且和這種人長期生活的副作用就是我似乎也逐漸被他同化，真是有夠可怕。妳知道亞斯伯格症嗎？」

「嗯。」

我研究過。

「我懷疑我前夫是，而且我會很篤定那是遺傳自他爸。無論是過分重視對錯啦又或者那些莫名其妙的堅持啦、毫無彈性的原則啦、完全無法改變的習慣啦……天啊，真是夠了。」真是夠了，李妮說，李妮繼續說：「我居然都離婚快一年了還在講陳柏彰。」

「那是什麼感覺？」

「離婚之後還是滿嘴前夫嗎？很窩囊的感覺，而且我甚至還是提離婚的那個人呢。」

「不是啦，我是說，呃，離婚這件事。」

離婚究竟是怎麼一回事？

「喔，」想了想，她說：「一開始會覺得很自由，而且那是充滿喜悅的自由，甚至會因此感謝，對一切充滿感謝。我都不知道形容成出獄比較貼切還是還俗。」

我笑出聲來，而她也是。

「總之我很記得第一次久違地躺在雙人床上感覺是滿心喜悅，原來我可以自己睡一張床，單獨使用三個枕頭，而且還不用聽老公打呼，原來睡覺可以是一件很安靜的事情。不過要是柏彰聽到我這言論絕對會說打呼的人是我不是他，李妮又在造謠了。」

她說著說著開始可愛地皺起鼻子，我於是提醒她又開始不自覺的話題裡都是前夫，她向我道謝，還要我下次又發現時乾脆直接彈她額頭好了。我最好是敢。

「可是後來會很寂寞，非常寂寞。」

「嗯？」

「例如吧，有一天我突然在回想最後一次做愛是什麼時候？真是越想越害怕，那一次該不會就是我人生中最後一次的性愛吧，這樣。」

「……」

「妳是可以直接聊這種私密話題的人嗎？」

我點點頭，雖然很慌張。

「因為我的朋友都是男的，跟他們聊這些會很怪，可是又。」

「我知道。」

「好。」

然而自由過後是寂寞，非常具體且強烈的寂寞，那天寂寞到底的李妮終究還是傳了訊息給前夫，先是鋪陳般地說自己想要回去看貓咪，接著言簡意賅地問前夫：床頭櫃裡的潤滑液過期了嗎？要不要檢查一下。

我差點笑到嗆鼻子。

「我就想吧，反正他通常是秒讀不回，而最糟的情況也就是他有人了，而且很奇怪的是，我居然非常希望是後者，因為這樣我就可以放下這個妄想，畢竟是條件非常好的男人啊，人也不壞，很正派，就真的只是太難相處了而已。」

「結果他有人了嗎？」

「沒有，他貌似比我更享受單身生活。」

「那？」

「他那天回訊息問我：既然如此又為何要離婚？」她嘆了口氣，「看吧，又是要討論對錯。所以我就放下手機，然後打開電視開始喝酒，我不記得那天整個晚上我看了哪些節目，就記得我一直在為自己感覺到難過，早知道多談幾場戀愛再結婚。」

「唔。」

「真是難以置信我居然會變成那種嫁給初戀的傻子。」

「不會傻啦，很浪漫啦。」

「不用安慰我沒關係。」李妮說，然後問：「下次直接來我家吃飯如何？我真的很討厭必須用保鮮盒裝著食物吃。」

「真的可以嗎？我好受寵若驚喔。」

「那是當然。」

那是當然。李妮說。

李妮說只有她自己一個人的話，根本也懶得動手煮飯，總是隨便將就著吃東西，經常還忘記要吃飯呢；而她離婚之後就沒再為誰煮過晚餐了，如果說婚姻生活有什麼最值得懷念的地方、那大概就是這個吧。

「我也很久沒有好好為自己做一頓飯了。」

當時淡淡地說著這句話的李妮，看起來真的很寂寞。

李妮的餐桌，這個曾經是用於拍攝視頻的場所，如今變成是我們上課前飲食談心的所在。有次我問她為什麼開始學煮飯？是因為我們學校的營養午餐很難吃所以決定自立自強嗎？

「不是，純粹是因為我前夫。」

李妮的原生家庭是從不開伙的那種，家裡的餐桌只是堆放雜物用，每個人自有記憶以來都是各忙各的各自外食，唯一會同桌吃飯的場合是每個月回外婆家那次，然而那是非常可怕的用餐經驗：永無止境的比賽厲害，永無止境的長輩式說教，以及彷彿不用嘲諷的口氣就辦不到好好說話的相處模式……在在都讓她感覺到窒息。

「會開始喜歡和家人同桌吃飯的感覺是因為柏彰，我們交往之後他帶我回家吃飯，於是我才知道原來一家人同桌吃飯可以是一件很輕鬆自在的事情，從幫忙備料開始到飯後賴皮著該誰洗碗……種種的環節我都非常喜歡，而且那真的比較有一家人的感覺。我的廚藝是跟我婆婆學的，我真的很愛我婆婆，喔，抱歉，前婆婆。」

「真羨慕。」我說，我很討厭我婆婆，「我婆家的用餐氣氛可能跟妳外婆家滿像的，肅殺之氣很重啊，每次我都覺得是在應付一場鴻門宴，或批鬥大會。」

她同情地看著我。

「還好只有寒暑假各回去一次侍奉婆婆就好，不然我大概會瘋掉。」

「侍奉咧。」

「妳們還有聯絡嗎？我是說妳和妳婆婆。」

她搖頭：

「我們都太傷心了。她很難過心愛的兒子婚姻破碎，而我則是很難過原來在她眼中，我依舊只是她兒子的老婆，我一直以為自己真的被她當成了女兒對待，因此她對我很失望，於是我對她也是。」

「不要這樣想啦。」

「是她親口告訴我的。」

當下，在我眼前的李妮，好像瞬間變回了十三歲的小女孩，期待，且受到傷害。

我們都是長大成人之後才會知道，原來所有不應該對孩子們說的話，在我們還是孩子的時候，大人全都對我們說了，甚者，直到我們長大成人之後，還在繼續。那天在李妮的餐桌上，我問她小時候聽過最羞辱性創傷的話是什麼？李妮說太多了，畢竟她媽媽出身於不羞辱人就不曉得怎麼講話教小孩的家庭，所以她真的一時半刻地想不起來，不過但是記得國小的時候有一次和媽媽的幾個好姐妹出遊，那是人潮擁擠的風景區，於是那位瘦瘦的阿姨告訴她去牽著媽媽的手，否則被人潮擠開了走丟了可不好。

「於是我照做了，結果我媽把我推開說這樣很熱，我都還沒反應過來的時候，那位瘦瘦的阿姨就牽著我一起走，好好笑，我完全不知道她的名字也想不起來她的長相，可是剛剛在跟妳敘述這一段回憶的時候，腦子裡浮現的卻是我婆婆的臉。原來她們兩個人在我的潛意識裡合而為一了。」

後來李妮告訴我，她想清楚了小時候媽媽對她說過最羞辱的一句話：妳又做錯了。每當她違背母親的意志時，總是會被招待這句話，鏗鏘有力，擲地有聲，也難怪當她前婆婆對她說出這句話的時候，她脆弱到需要把自己灌醉才有繼續活下去的勇氣。
那我呢？

第四章

沒有人只是他表面上看起來的樣子，
而婚姻也是。

之一
李妮

我最近少喝了很多，主要是因為重新煮飯和練琴，這兩者都花掉我不少時間。

鋼琴是艾力克陪我去選的，他很驚訝原來我是個會彈鋼琴的女生，他說國中的時候好喜歡那個班長就是因為她彈鋼琴的樣子很好看。

「結果有追到嗎？」

「什麼追，我根本連告白都不敢。她是里長的女兒，而我只是個8＋9。」

「吭？」

「嗯。」

認識了半輩子的艾力克看不出來我曾經是個參加過鋼琴比賽的女孩兒，正如同我也沒看過他曾經是8＋9的模樣。其實滿好玩的，艾力克說一開始他只是覺得在臉上彩繪很有趣而已，說起來他可是曾經打算報考復興商工的藝術少男呢。

「那為什麼後來跑來念高餐？」

「為了與妳相遇啊。」

「好了啦。」

他樂得笑了起來，終於快快樂樂地笑個夠之後，才正正經經地說：

「因為我想到我爸。」

「喔。」

「嗯。」

艾力克的爸爸是電影看板的彩繪師，畫功以及美感都非常卓越的一位畫師，生對時代是老天賞飯吃，生不逢時則變成是時代的眼淚，而他父親不巧是後者；失意的畫師沒有第二專長也拒絕學習電腦繪圖之類的新技能與時代接軌，整天借酒澆愁愁更愁，終究漸漸走上酒癮毒癮家暴和外遇的不歸路。

「我媽真的很慘，什麼鳥事都被她遇到了，我小時候總是看不懂他們為什麼不離婚？明明都已經被打成那樣還不跑，真是夠傻。」

「那年代的女人好像都那樣。」

聳聳肩膀，艾力克繼續說：

「他前陣子出獄了，我媽還去接他，煮豬腳麵線給他吃，弄個小火爐給他過火之類的，我真心看不懂他們那一代人的婚姻。」

看不懂那一代人婚姻的艾力克倒是看懂了街頭的生存技巧，一開始只是覺得臉上彩繪很酷的艾力克在得知去廟會跳八家將一天能有一千塊酬勞的時候，倒是因此很積極地加入團練。

「那個也很不錯，他們都會買便當給我們吃，所以起碼我去團練的日子，都是可以吃飽的，而且有時候如果有多的便當，還可以帶回家給我媽和我妹吃。」

好的一面是這樣，當然也有不好的一面，例如被叫去贊聲打群架的情況也是經常有的事，不置可否那的確就是龍蛇雜處的世界，專門吸收弱勢的邊緣青少年，或者提供這些孩子們一個庇護的所在，端看自己怎麼想怎麼過怎麼選，而艾力克最後的選擇是退出，他很喜歡那些同伴們，也很謝謝非常照顧他們的大哥尤其是那些餵飽他的便當，可是他真的很不會打架。

「我每次都被虧不像是去打群架而是去當臨演的，因為我真的很害怕打架的時候看到血，每次都覺得自己快暈倒了，那味道很腥，所以那時候我也不選中餐或西餐，我選烘焙，我甚至不喜歡摸生肉。」

「你好好笑。」

「妳才好笑咧。」

「怎樣？」

「二十年前在學餐餵食同學，二十年後還是在做同樣的事。」

「明明就不一樣，這次是在我的餐桌。」我指出這當中的不同，然後說：

「懷念的話，你也可以過來一起蹭飯吃啊。」

「饒了我吧，跟一個前妻和一個人妻吃晚餐？想也知道話題會是哪些，真是光想就可怕。」

「對啦，就你的話題最歡樂。」

「這倒是真的。」

艾力克說，接著眉開眼笑的滑開手機給我看一張沒有露臉的女人穿著細肩帶性感睡衣的爆乳照片。

「去年我生日，她傳這個給我。」

「你真是我認識的男人裡過得最滋潤的一個。」

「所以嘛，我那時候是不是告訴你們不要結婚？單身太好玩了。」

「呿。」「呿，「然後呢？」

「然後她最近要結婚了，居然還發帖子給我，有時候我真心搞不懂女人在想什麼。」

「她可能想要體驗一下陳奕迅的那首歌吧，婚禮的祝福。所以你要去嗎？」

「差遠了，我們只是睡過幾次的關係而已，我連禮金都不打算包。」

「男人喔。」

「不過如果妳要找鋼琴老師的話，她倒是口碑很好，推薦給妳。」

男人喔。

結果我沒有重新去上鋼琴課，只是自己在家裡亂彈著好玩而已，有一天我還彈了整下午的小蜜蜂，純粹只是想要知道自己會在第幾遍時發瘋，結果答案是第八遍，我在那之後重新彈回周杰倫，我以前的那個鋼琴老師從不允許我彈流行歌曲，即使是周杰倫的音樂。

把周杰倫的歌全部彈奏過一次的那個舒心下午，我突然很想要回家一趟，就這麼看好農民曆、設定好日期並且提前買好食材之後，我開車回了趟娘家，獨自一人的車程裡我在思考一個問題：對於離婚女子而言，是否也應該把娘家改口稱為老家呢？無論如何那永遠就是個家，我長大的地方，而媽媽始終是媽媽，永遠不變的稱謂，不像婆婆，再怎麼曾經相親相愛，終究得改口稱呼陳媽媽。

永遠不變的媽媽，以及她的說話方式：

「昨天妳爸爸跟我說妳今天要回家住一晚的時候，我還以為他在跟我講笑話咧。」

他沒有那個膽，而妳也沒有那個幽默感，我很想說，但我忍住不說，就是安靜地聽著母親細數她昨天如何打掃我的房間還為此洗曬床單和被套。「要不然都沾灰塵了。」她特地強調這句話，而我試著強壓下心中的負罪感。想來母親真的是非常奇怪的生物，就算充耳不聞視而不見毫無回應，也依舊阻擋不了她們想要並且可以說上一堆牢騷或碎唸的心情，而有時，還句句扎心呢。

打開後車門，我告訴她：

「叫爸爸過來搬東西啦，這一袋要先冰冷藏。」

「妳怎麼買這麼多食材回來？」

「明天重陽節啊，妳不是都要拜祖先？」

她突然安靜下來看著我的臉，依舊是那種檢查的眼神，那種等著我犯錯她好出面收拾善後的眼神，那是從小到大她看著我的眼神；而此刻略有不同的是，她臉上的表情還多了一些讓我感覺到自己似乎必須立刻發表一段不自殺聲明、錄影存證或者按手印畫押的那種。

我沒好氣地說：

「這次我幫妳煮，妳的腰又不好還老是自己煮一堆端上四樓神明廳拜拜。」

「妳爸爸會幫我端。」

「爸爸自己膝蓋也不好吧？」我有發現自己不經意地提高了音量，可是沒辦法，我聽見自己說：「妳幹嘛都不叫弟弟回來幫忙啊？本來繼承家產的主要用意就是祭拜祖先啊，你們買給他的房子不是就在附近嗎？回來幫忙一下很難嗎？」

「他那個老婆是叫得動喔，」母親小小聲地說，一副深怕被左右鄰居聽見的表情，「他們過年肯回來圍爐讓我們看一下孫子，我就阿彌陀佛了。」

母親委屈巴巴地說，貌似真心不懂何以她花了大半輩子從婆婆身上學來的一身持家育兒的好功夫，套用在她媳婦身上就變成了一場驚天大革命。

整輩子都強勢的母親曾經一度害弟弟差點結不了婚。

那是弟弟第一次帶女朋友回家拜見爸媽，女朋友門當戶對且乖巧可愛進退得體，兩個人談著美好的戀愛也達成結婚的共識，說不準連婚後不跟公婆同住的這些瑣事都已經在悄悄密謀；本來我和柏彰猜測這小倆口會在著手婚禮的細節卡關、就如同當初的我倆那般，然而沒料到時隔多年之後母親的功力完全進化，於是這小倆口都還沒具體提親求婚看場地時，母親就迫不及待把她當成兒媳婦控管：從穿著飲食到收支，通通視如己出，而畢竟寄人籬下所以始終採取忍耐策略的準弟媳最終爆發的導火線是當時她和朋友相約看電影，因此被母親酸了兩句：

「還沒結婚就這樣把老公丟在家裡自己跑出去玩喔？啊結婚以後不就更無法無天？本來還以為妳很顧家吶。」

「還沒結婚我就已經被妳管成這樣，結婚之後我還要不要活啊？妳以為我很喜歡住妳家嗎？我薪水好好地付不起房租嗎？是妳兒子拜託我要跟你們住的耶。」

長久以來忍辱負重的準弟媳直接爆炸，炸裂，當晚連夜搬走並且提出分手，還說：

「我真的很愛你，可是我也真的受不了你媽。」

她哭著說，而我弟也是，那是我第一次看見長大成人的弟弟在我面前哭得撕心裂肺，而母親亦痛心疾首地控訴：兒子不要我了，這個兒子白養了！

最後的結果是這兩位共同愛著一位男子的女人各退一步，以至於當我參加他們那場小而美但是非常溫馨的婚禮時，心裡湧起了無限的嫉妒。

曾經在媳婦面前敗退下來的母親，如今因為剛出生的心愛孫子而重拾鬥志，正放妥行李從房間走出來的我，聽見母親正對著藥局櫃檯裡的父親交代打電話要弟弟一家今天回來吃晚餐。

「有妮妮在他們應該會比較願意回來。」

我注意到她特別強調了這句話。說也奇怪，以前這句話在我聽來滿是酸意，而今卻反而有種靠勢依附的撒嬌意味。是我自己想太多了還是其實真的從未發現？

在餐桌旁坐著陪母親備料食材的我，說：

「我還是直到弟弟出生之後才知道原來妳會煮飯。」

「怎麼可能不會，妳外婆那個樣子，都不管家裡死活，我這個大姊要是不學會煮給大家吃，妳那些舅舅們真的是都要餓死啦。」

我沉默著挑揀著四季豆，於是母親才緩緩地意會過來，說：

「養妳的時候我忙死了，妳爸爸的藥局才剛開張，我每天都要幫他打點各種關係，不然他那麼內向，是要怎麼撐起來？而且我還要照顧妳奶奶，哪有那麼多美國時間煮飯給妳吃。」

「弟弟出生的時候妳還不是換成在照顧爺爺中風，就還是有時間煮。」

沉默。

沉默著把整籃子蒜頭都剝皮之後，母親才終於慢慢地說：

「因為我覺得跟妳可以不用見外。」

「吭？」

「妳沒生過小孩所以不會知道。」

「又來了。」

再一次的一秒被激怒，然而這一次當我起身想走時，母親卻意外地按住我的手，說：

「我沒讀大學所以不像妳那麼會講話，不過難得妳主動回來看我們，所以我還是儘量試著講看看：媽媽自己認為對妳跟弟弟都一樣，甚至我花在妳身上的時間和金錢還更多，那是因為妳真的很難管教，妳從國小五年級就開始只穿自己買的衣服，別人家的爸媽是直接撕掉小孩子看的漫畫書，而我卻連妳的髮型都不隨意改變，因為妳就是這麼難養難伺候，不像妳弟弟，隨便餵隨便養都可以。

「我沒有重男輕女，媽媽自己知道這件事，我有在盡力做到這件事，因為我知道妳外婆從小是怎麼對待我的，好像我只是一個幫傭一個提款機，那很難受，我說的跟妳不用見外意思是從妳還在我肚子裡的時候，我就把妳當成是我自己的，妳是我自己的小孩，別人不會管也管不到，連妳爸都不能管，所以我累得要死懶得煮飯就拿妳當藉口每天出去吃好料，不然妳爸爸那麼小氣，他才不可能帶我出去吃餐廳，可是如果有妳就可以，他就會比較願意。

「而妳弟弟不一樣，妳是我的女兒而他是這家的兒子，他是這家族的繼承人，大家都在看我怎麼養他怎麼教他怎麼讓他不會敗光我們的祖產，我就是嫁到這樣子的傳統大家庭，每天被指指點點地過日子，我也沒有很好過，比起我的小時候，就只是不愁吃穿而已，可是我有盡力去保護妳了。難道我有虧待妳嗎？妳高職就開始暑假去英國去美國遊學，而我的蜜月旅行就只是去墾丁。」

又是那個滿臉委屈的表情，我的母親，只是這一次，她的委屈被接住。

「妳還是可以跟阿姨她們約出國玩啊，旅費我幫妳付。」

「好。或者妳也可以帶我出國玩。」

「……」

簡直像是過了一整個世紀那麼久的沉默之後，母親換了個話題、低著聲音說：

「曉得休息是好事，不要像妳爸爸那樣只知道賺錢不曉得花錢，鐵公雞。」

「呵。」

「如果有選擇的話，我也很想要離婚。」

「媽？」

整理好表情，母親又從專屬於女兒的女人變回平時那位事事周全的藥局太太、李先生的妻子、我們的媽媽，那個偶包很重的她自己。

「打電話叫妳弟弟今天回家吃飯，他會跟妳爸說沒空可是他不敢拒絕妳。」

「話都給妳講就好了。」

「他哪一次拒絕過妳？」

「……」

「弟弟說妳最近又開始重新彈鋼琴了？」

「嗯。反正閒著也是閒著，而房間空著也是空著。」

直視著我的雙眼，母親說：

「我那時候哪知道妳會反應那麼大，我只是覺得考上大學再繼續彈鋼琴又沒差，真的有那麼嚴重嗎？」

可能曾經有，也可能後來沒差了，我心裡這麼想著，我耳邊聽見自己正在說：「是沒差，也沒關係了吧，我那時候也才十五歲，正是事事敏感的年紀。」

沒關係。我心想：或許在漫漫人生之中不只是孩子們需要父母的這麼一句好讓自己釋懷，而父母們其實也是呢。

那天晚上弟弟全家回來吃母親煮的晚餐，剛滿周歲的姪子白白胖胖好可愛，我好喜歡他露在尿布之外那彎彎的白胖腿腿踢啊蹬的同時還發出嗯嗯嗯的傻聲音，如果人間有天使的話，大概就是這模樣吧。

只是，天使終將墮入人間。

隔天我起了個大早在廚房裡煮了一肉一魚一湯一菜給媽媽祭祀組先，已經好幾年沒上四樓神明廳的我此刻奉起三炷香虔誠地感謝列祖列宗們的保佑，不孝女李妮雖然婚姻破裂、愧對先祖但依舊懇請保佑我的爸媽平安喜樂，他們是很好的子女很好的爸媽很好的為這個家庭活著，他們值得擁有很好的一生。

希望他們過得比我好。

他們值得過得比我們好。

盼先祖們保佑。

頷首，合十，下樓時母親已經出門去上國標舞課，於是我繞到藥局同父親告別；遠遠的我看見父親獨自一人在如今來客率已經不高的陳舊玻璃櫃前對著平板傻笑，平板裡是前陣子颱風天裡各種柴犬飼主們頂著強風大雨勇往直前伺候柴柴們外出大小便的影片。我用母親慣用的語氣嘲笑他：

「爸爸，結果你活到了七十歲，還是沒有為自己養一條狗啊？」

「妳媽媽對動物的毛過敏啊。」

「然後你就放棄？」

「這就是婚姻啊、妮妮。」

「你好丟臉喔、爸爸。」

「妳自己還不是也結婚後才開始養的貓？」

「呵。」

呵。

「爸爸，你喜歡你的人生嗎？」

「我有你們啊。」

好。

「爸爸，你會覺得很失望嗎？我選擇離婚。」

「我是很喜歡柏彰，但妳才是我女兒。」

「嗯。」

「冷凍庫裡的小魚干記得拿啊，妳姑姑從北海道帶回來的，妳媽媽捨不得吃特地留給妳那隻挑嘴貓吃的。」

「牠有名字，牠叫辛巴。」

「下次不要又這麼久才回來啊，小魚干都不新鮮了。」

「好啦，爸爸，我下個月會回來，再跟你說。」

「開慢點。」

「再見。」

再見。

就是在那段和爸爸的家常對話之後的幾天之後，我收到了久違的他的訊息：

妳知道阿卡西紀錄嗎？妳出現在我的紀錄裡。

沒有好久不見，沒有近來可好？依舊單刀直入的，這個男人。

我沒有回覆訊息，只是把手機設為勿擾模式。

可是不知怎麼地，我覺得這好難辦到。

究竟該怎麼才能把心底的聲音關掉？

之二

郭庭芸

「妳知道阿卡西紀錄是什麼嗎？」

李妮最近怪怪的，經常心不在焉，有時候還會突然冒出奇怪的問題，例如此刻她正在問我阿卡西紀錄，我說我不知道，然後提醒她瓦斯爐上的鍋子快撲鍋了，她於是慌慌張張地熄火，接著從冰箱拿出一罐啤酒打開來喝，看來今天晚上我又要擔任她的安全駕駛接送她上下課了；李妮最近好像又開始喝多，總是邊喝酒邊煮晚餐不說，有幾次我還看見她把啤酒倒進保溫杯裡帶去學校課上喝。我很想問她最近是不是有什麼煩惱？可是我不敢問。

通常我會把這些當成談資回家和汶康聊，例如我可能會問他知不知道阿卡西紀錄是什麼？而他會查來告訴我，汶康喜歡知道所有他還不知道的事情，不管是科學的還是非科學，專業領域的還是生活瑣事的，我很崇拜這樣充滿求知欲的汶康，然而我這位對世界充滿好奇心的丈夫最近狀況也不太好，他的頭痛越來越嚴重，我們開始每個月去醫院掛一個門診檢查一個部位以找出原因，按照汶康的說法，這叫作逐一排除變數，儘管我們都心知肚明病因是什麼，可是從知道到做到本來就不容易。人們不願意承認的事物遠遠超過他們自己已知的。

有一天半夜汶康突然驚醒過來，說：黑狗又來了。

那時候我真的覺得好無助，看著那樣的丈夫，卻又愛莫能助，還連帶地，也感染了憂鬱。

隔天汶康把自己整理好之後，開口要求我這陣子請盡可能地多陪伴他。

「下個月就放寒假了，我來計劃度假如何？泡溫泉如何？」

汶康沒有反應，我知道他希望我休學而他知道這是不可能的事情。無解。就如同生子議題之於我們那般。

汶康不喜歡我的生活裡有新同學的存在，他不喜歡我的話題裡逐漸充滿他們，也不喜歡我在沒有他的地方也感覺到快樂，汶康不喜歡我的快樂與他無關，可是他不知道那是每週三天我難得可以放鬆的時光，無論是下課後去李妮家跟她一邊聊天一邊煮晚餐然後再一起吃光光，又或者是課堂間和東翰他們不費腦力地說說垃圾話然後或者痛快地笑或者趕緊憋笑。我不願意放棄這些，結婚之後我已經為他放棄很多，而這確實已是我的底限。

這也逐漸變成我們爭吵的原因，後來疊加上去的細故，不是根本原因。

我有覺察到即將來的寒假令我感覺到煩躁，於是試著找汶康討論：

「你頭痛一直沒有好，要不要這次寒假我們別回馬來西亞了，改成去度假好不好？」

「妳現在是不想陪我回家看媽所以把責任推給我嗎？因為我頭痛一直沒有好？妳只是在為我好？」

「我不是那個意思。」

我就是那個意思。我們都知道你最大的壓力源就是你那位親愛的媽媽，有沒有可能那就是你突然又開始頭痛欲裂的原因？潛意識都知道。否則為什麼每當學期末你就都會那麼剛好開始犯頭痛？

我試著平靜地說：

「長大後我們才知道原來所有不應該對小孩說的話，爸媽全對我們說了，連變成大人之後還在繼續。」

「妳突然地在說什麼？」

「李妮前陣子告訴我這段話，我聽了很有感觸，一直想要跟你分享。」

「妳跟別人討論我？」

汶康開始提高音量，而我也是：

「我沒有！我哪敢！我只是轉述她講的這句話，我們當時在談論她自己，你可不可以不要老是覺得別人都在討論你都想陷害你都在背後檢討你啊？這樣的人生真的有比較快樂嗎？」

「郭庭芸又來了，又開始表演委屈了。」

「對，我是真的很委屈，我們都結婚幾年了，居然都還沒有去度蜜月？疫情不是早就已經結束了嗎？」

「去度蜜月重要還是婚姻的本身重要？妳老是思想這麼不成熟然後還覺得自己可以當好媽媽？就因為自己有個子宮或者已經結婚？妳是不是被研究所那些所謂的同學們帶壞了？」

「什麼叫作帶壞了？」我請問他，「什麼叫作好媽媽？像你媽那樣嗎？」

「注意妳的態度。」

「鄧汶康！我還在跟你溝通！」

鄧汶康頭也不回地甩門離去，把自己反鎖在書房裡整夜都沒有出來，隔天打開手機我看見他在半夜傳給我的長長的訊息，長到一個手機畫面讀不完的那種，我知道這很幼稚但我就是複製貼上記事本只是為了計算字數，天啊，兩千三百字，他寧願單向寫出兩千三百字的內容也不願意坐下聽我講一句、跟我講一句。這就是鄧汶康所謂的溝通。

「郭庭芸又來了。」

打開嘴巴，我模仿鄧汶康的口氣，對著鏡子裡的自己說，本來以為我會被自己逗笑，可是沒想到結果我還是很想哭，沒關係，起碼我有成功阻止自己痛哭一場了，我可不想紅著眼睛去上課，學生們都超八卦的，同事們也是。

汶康就此開始和我冷戰，汶康冷戰的方式是在家裡完全無視我的存在，但是在學校卻如常地與我應對，我好佩服他切換自如的態度，因為我覺得自己彷彿就要瘋掉；遊走在瘋狂邊緣的我嘗試過穿著性感睡衣在他眼前悠晃但他無動於衷，也試過故意在睡前不倒垃圾不洗碗而他的確有因此大發脾氣，但他生氣的方式就是把沒洗的髒碗盤丟進垃圾桶，然後甩門而去，這樣而已。當天晚上我乖乖地洗碗倒垃圾，當我站在陽台的洗衣機前躲在運轉的聲音底下哭泣的時候，這是第一次我覺得自己會被離婚。

這段婚姻真的令我感覺難受。

很難受。

「他甚至會體面地週末陪我回娘家喔，在我爸媽面前挾菜給我吃，適當時候嘲笑我的迷糊和冒失，好像那就是夫妻間的拌嘴和調劑，但是一回家就立刻切換成為隱形模式對待我，真的是一回家馬上喔。」

我說，本以為李妮會安慰我一切終究會雨過天晴，或者以過來人的姿態教我一些和老公和好的妙招，然而她沒有，她居然語帶懷念地說：

「我們最高紀錄是冷戰三個月。」

「……」

「不過柏彰不會裝沒事，我們只要一吵架就會驚動身邊的親朋好友，而最後總是我婆婆出面當和事佬，喔抱歉，前婆婆。」李妮苦笑著，好一會兒之後才定定地看著我，問：「妳知道PUA嗎？」

「好像有聽過。妳為什麼突然講這個？」

「有空查一查，可能會對妳有幫助。」

PUA是利用引誘、鼓勵和責備交互使用的作法，以上對下、操弄及貶低自尊認同，慢慢達到控制他人為目的，使他人陷入認知不和諧、對自身更加沒自信，進而否定自我，同意加害者的行為和目的。

加害者。不知道該怎麼解釋，當我讀完網頁上這整段描述時，最讓我感覺到不適的是加害者這三個字。

「那是我老公，不是什麼加害者！不要亂講！」

我很想要這麼對著螢幕吼，可是我沒有，我只是深呼吸，試著把這極度不適的感覺由鼻腔呼出，低頭我按掉網頁，起身我走到樓下的便利店買罐啤酒坐在窗邊喝，啤酒好苦，真搞不懂為什麼李妮喜歡喝？我喝得很慢，也試著在心底慢慢告訴自己會沒事的，都只是些對號入座的東西而已，那是當然，再說寒假就要到來，到時候汶康總得開口跟我討論回馬來西亞的日期和機票吧？

「妳的護照一直被爸媽保管到結婚前？」

這天，在李妮家聊到這件事情時，她又搞錯重點地問我這個。

我的護照從小就放在爸媽身邊這沒問題，長大後也毫無懸念地由他們保管，我聽不懂這怎麼了嗎？

「想像一下：旅行回來好累但還是先整理行李箱吧不然穿過的衣服會臭掉還是得先洗吧，不，不要，管他的，老娘決定直接去洗洗睡，」李妮一口氣講完這一堆，然後戲劇性地頓了頓還皺了眉頭，才又繼續說：「然後在關燈上床之前妳把護照拿去爸媽房間放好？」

「不用那麼刻意，我通常是拿伴手禮時順便把護照交回給我爸。」

「為什麼要這樣？」

「因為我很迷糊又經常找不到東西嘛所以，而且我爸媽又不會不讓我出國玩，所以就只是回家的時候報備順便拿護照而已啊。」

「妳不覺得這樣很麻煩？又不是防止逃逸外勞還代為保管護照咧。」

我應該要覺得很麻煩嗎？為什麼我要被形容成逃逸外勞？而且為什麼那畫面毫無違和感？

「該不會妳結婚之後護照換成是妳先生代為保管吧？」

我開始討厭代為保管這四個字了。

「妳的人生也像這樣總是託人代管嗎？妳有沒有考慮過自己的東西自己保管，自己的人生自己做決定？」

不適感。那種極度不適的感覺又來了。深呼吸，鼻吸鼻吐，然後，我聽見自己問：「我可以喝一罐啤酒嗎？」

李妮先是一楞，然後才遲遲地走去打開冰箱。

「今天我載妳去學校好了，反正也只是期末的同學會。但是妳要怎麼回家？

請妳先生來載？」

「我會叫 Uber。」

瞧吧，郭庭芸還是可以替自己做決定的啊。

「會不會其實汶康是對的？庭芸不會是一個好媽媽？」

「什麼叫作好媽媽？」

好神奇，同樣的一句話從李妮口中說來就是特別有說服力，庭芸不只靜待著願聞其詳，甚至想要拿起手機幫她開直播了呢。同樣的一句話庭芸說了只會惹汶康生氣，嗚嗚嗚。

回過神來，李妮正在說：

「有一次吧，大姐下課的時間跟女兒打電話視訊，我有發現那時候妳看著她，眼神非常羨慕。」

「被妳看到了，好糗喔。」

「不會啦，但是那時候我以為妳羨慕的是大姐的女兒和媽媽感情這麼好，後來我才知道，其實妳羨慕的是大姐和女兒感情那麼好。」

「……」

「我不知道為什麼妳先生不想要小孩，不過就我看來，任何擁有那種眼神的女人，都應該當媽媽。」

「那你們呢？是為什麼不生？」

「柏彰討厭小孩，他很怕吵，而我則是害怕自己會變成我媽那一種媽媽，欸，不要鐵齒，我真的看過太多案例了。」李妮說，然後拿走我手中的啤酒往流理台倒掉，她把臉湊近我，像是正在檢查什麼似的，才又說：「妳喝太快了，去喝水。」

結果我沒有去喝水，而是從她冰箱順走一罐啤酒，還學她倒在保溫杯裡帶去同樂會，看啊，郭庭芸不只是為替自己做決定，甚至還學會反抗了呢。呵呵呵。

「妳是喝醉了喔？一直在傻笑。」

我的確是有點喝太快了，以至於整個人輕飄飄的，一直玩她的車窗不說，走進電梯還刷地每層樓都按，我因此樂得咯咯笑，而李妮則是裝作不認識我的樣子；其實她才沒資格說我咧，她自己最近也經常傻笑啊，有幾次煮晚餐的時候甚至還不自覺地哼歌呢，就像現在她正一邊吃著辣烤雞翅一邊對同學們說那個阿卡西紀錄，她說可以把阿卡西紀錄想像成一個宇宙的超級資料庫，資料庫裡記錄著所有前世今生和來世，阿卡西紀錄認為世間所有的一切早就已經是寫好的劇本，凡事皆是註定。不管信或不信，這的確是閒暇時刻的好談資，大家此時聽得興高采烈，也各自交換算命催眠甚至是觀落陰、遊地府的體驗。

我打開保溫瓶開始喝，並且持續地傻笑，我看著李妮正在問東翰：

「假設你是男的——」

「我想我應該確實就是個男的，」打斷她，東翰憋笑著說：「有一個太太以及兩個兒子應該可以證明這個？」

「好啦。」李妮笑著瞪他，「假設今天有個男人告訴我，他去算阿卡西紀錄然後在某一個前世看到我，在那一世裡我是女皇而他是我的貼身奴婢，甚至還詳細到指出那是中國的帝王之家是武則天之類的人物。他說自己於是恍然大悟何以今生我們一見如故。」

「很浪漫，但重點是？」

「重點是我問他那麼他的家人呢？在他的前世裡又是他的誰？然後他說不知道，因為時間不夠了所以他沒問。」

「重點是他只問了妳而沒有問家人，妳只是想聽到這句話而已吧？」

李妮笑了起來。

「他愛上妳了，我沒有水晶球，可是我可以確定這件事情。」

「還是我來強暴我老公？」

喝得輕飄飄的我突然把腦子裡的這個念頭講出來，於是李妮從嘴巴噴出了雞翅，東翰從鼻孔嗆出了可樂，而桌子另一端的大姐則是試著禮貌地詢問：

「我剛剛聽到了什麼是嗎？」

東翰和李妮起身把我架走，如同那次迎新那般，只是主角換了人演。

第五章

活出妳的選擇

之一
李妮

「妳今天怎麼這麼好？居然主動說要載我去機場。」

「不習慣是嗎？那我前面路口放你下車。」

「喂喂。」

布萊恩誇張地鬼叫著，然後賤賤地笑了起來：

「說吧，什麼目的？」

「什麼什麼目的？」

「艾力克的話通常是拉投資，但妳會是什麼？難道是要託我買魚油？」

「Rimowa吧，台灣現在沒有代理商了。」

「我覺得 Samsonite 就很好用了。所以妳要幾吋的？」

「還真的咧。」我又氣又笑地說，猶豫了一會，直視著前方，試著說看看：

「我之前遇到一個人。」

「嗯？」

還是說不出口。於是我改口：

「庭芸，我經常提到的那位研究所同學，最近越認識就越覺得她好像以前的我自己。」

我經常看著她回想起差不多那年紀的我自己，那時候和柏彰終於結束長年的異地戀而決定步入婚姻，拍婚紗的環節是輕鬆的，因為我們都不想要拍，買房買車是輕鬆的，因為那些陳媽媽都已經準備好了，連蜜月的地點都毫無懸念地達成共識：在峇里島找個度假旅館待著耍廢。那時候的我們已經開始為工作各自忙碌，蜜月對我們而言比較像是選個地方一起休息的尋常假期而已。而柏彰唯一的要求是：蜜月期間我不可以拿起手機拍片或發貼文。

「那回訊息呢？」

「陳太太。」

「好啦。」

好啦。我的確曾經也是個愛撒嬌的小女人。

那個愛撒嬌的小女人後來哪去了？

訂婚只是簡單的家宴在君悅，然而光是這樣我就足以見識到聯繫協調兩個家族的長輩們有多可怕，雙方長輩各有各的堅持，而且沒有一個我能夠得罪得起，我不可能要求柏彰那邊的長輩退一步、因為我只是個準媳婦，也不可能要求我家這邊的長輩讓一讓，因為他們會覺得我都還沒過門就已經完全以他們為主而把娘家人放在次等位置了是嗎？那時候的我壓力大到半夜做夢驚醒然後跑去廁所爆哭，那天晚上被吵醒的柏彰把我帶回床上安撫，隔天在群組公告他擬好的賓客和座位表，總共兩桌，限二十人，不准攜伴，準時開桌。並且：不要再拿這件事情煩我老婆。

好帥氣。我當下真的把柏彰當成漫威英雄崇拜，我甚至還把那段對話截圖收藏呢。不，那時候的LINE已經有截圖功能了嗎？好久以前的事情了，想不起來了，感覺已經像是個前世。也想不起來我是什麼時候丟失了對柏彰的崇拜和依賴。而他呢？又是什麼時候放棄了對我的疼愛？

「我記得第一次跟庭芸講話好震驚，看她外表還以為是個高冷的漂亮女生，結果一開口卻是個傻妹。」

「妳以前也是啊。」

「少來。」

「真的啦，我們那時候也覺得女排的這個女生很可愛，長了一張看起來很難相處的漂亮臉蛋，結果一開口卻傻乎乎的，極品啊。」

「柏彰覺得我很漂亮？」

「對啊，不然妳以為他幹嘛追妳？」

「他說因為我殺球很帥氣。」

「他才沒有在看妳打球。」

「吭？」

「他根本都只在看妳的腿而已。」

「嘖。」

「男人啊，藏得很深喔。」

「呵。」

呵。

「而她最近也遇到了和我類似的困擾。」

「婚姻？」

我點頭。

「我真的越來越這麼想：這個世界上有很多很多的陳柏彰們，他們通常都家世很好腦袋聰明長相好看又工作優異，簡直就是傳統偶像劇裡會出現的那種霸總男，然而那種霸總性格的男人在戲劇裡是收視保證，在婚姻裡卻是妻小們的佛地魔。」

「好像有點貼切。」布萊恩同意，然後接腔說：「這些白馬王子們要的不是公主而是灰姑娘，可以穿上他送的玻璃鞋，但是不准離開城堡和舞會。」

「長髮公主應該也可以？」

「可能不行，長髮公主會逃出城堡。」

「呵。」呵，「他們為什麼會這樣？是有自尊困擾還是童年創傷造成的沒有安全感？」

「妳問錯人了，我可是老婆送賓士電動車時會歡喜收下還發文炫耀的男人呢。」

「呿。」呿，「而且我還在想，如果早知道最後的結局是離婚，那我當初還是會選擇結婚嗎？」

「我覺得妳還是會。」

「為什麼？」

「妳在還沒結婚之前就很想要嫁給陳柏彰了，妳是熱愛家庭也善於創造生活感的女人。妳的粉絲們不就是喜歡看妳做菜和生活嗎？」

布萊恩說，布萊恩繼續說，妳只是沒想到後來事業會比他好，直接月薪勝過他年薪，這真的很驚人，所以妳當然逐漸地會有自己的想法以及職場和家庭轉換間的心理落差，甚至有時候，妳還是對的那個人呢，當然不可能再事事都聽他的話，這是很自然的變化。女人通常會成長，而男人則忙著生存。

「可是陳柏彰要的就是那種乖乖牌的女人，把他照顧得妥妥貼貼，最好像個影子一樣跟在他身邊，而他也會對這樣的小妻子很好，他以前不就對妳很好嗎？因為他要的是那樣子的妳。」

「那他們當初幹嘛不去娶那種傻白甜就好？」

「他們最大的問題就是他們要女人傻白甜，但又不能是真的傻，最好是裝出來的傻。太笨的他們也看不上眼。」

「好像有點貼切。」

我把這句話還給布萊恩，而他則是突然想到什麼似的，說：

「蛋堡的那首歌啊、關於小熊，聽過嗎？」

「那是當然。放來聽？」

「好。」

小熊沒再醒來　沒再被提起過　沒再等到男孩陪著他們一起過

隨著太陽起落了許多次　直到女孩自己做了許多事

直到女孩成為女人　經歷更長的旅程　更溫柔的眼神

那鞋盒偶爾又被打開　往事不斷蒙太奇　小熊卻依舊靜止在那裡

作詞：杜振熙　作曲：杜振熙

當蛋堡唱完這種如詩般的吟誦饒舌歌曲之後，我們各自安靜了好一會，最後是布萊恩打破這沉默，換了個表情，他問：

「好了，暖場結束，拐彎抹角地聊了這麼多都一路聊到桃園了，妳真正想說的是什麼？」

「都說完了啊。」

「李女士，剛認識妳的時候我還是個留著中分帥氣髮型的十五歲少男，而現在我的髮量只剩下當時的一半不到啦。所以妳確定要跟我裝傻？」

我很沒禮貌地哈哈笑了起來，腦子裡立刻浮現那張他和柏彰都珍貴收藏的照片，那是他們籃球隊得到全市高中職組籃球比賽第二名時拍下的團隊合照，照片裡的柏彰早就是個光彩耀眼的存在，而布萊恩則笑得稚氣又得意；往後照片裡這位稚氣又得意的少男將無數次拿出手機滑出這張陳年的舊照片，炒熱氣氛似地要團員們猜一猜裡頭的哪一個是他？

「太難了？沒關係，連我媽都認不出來她兒子是照片中的哪一個；截至目前為止只有一個人猜對，後來她變成我老婆。」

布萊恩很喜歡這個說法，因為每次講完效果都很好，而且屢試不爽。

「李妮？」

「你之前提過的那個婚外情……」

「那位遺忘墨鏡的小姐，怎麼了？」

「你們結束了嗎？」

「幾次之後就結束了啊，婚外情都這樣，尤其是有小孩的那種。他有小孩嗎？」

我裝作沒聽到。

「幾個？」

「一個。」

「也暗示自己和老婆很久沒同床了嗎？通常這是起手式。」

「到了。」

我說。

方向燈，踩煞車，警示燈，手煞車。

「保護好自己，畢竟妳還是個網紅。」

「我就只是個網紅？」

我想說，但我沒說，我只是和車窗外的布萊恩揮手道別，看著後照鏡裡正在搬行李的布萊恩，低頭，我傳了訊息給他：

每次拿行李都會想到我們第一次見面那天你載我去機場然後我的行李箱在你的後車廂叩叩叩。

而他秒回：

我後來知道行李箱要平放，不然會被生悶氣。妳又出國？

送朋友到機場而已。

才想拍個機場的照片傳送，他就先一步傳了一張隨手拍的照片。

回憶一下這是哪？

這哪？

我們第一次見面的星巴克座位，後來我經常自己來，如果那天可以坐到這個位置，我就會覺得那天會有好事發生。

你很愛你老婆和兒子。我在心底反覆默唸著這句話。我想試著把這句話說給他聽，可是我還沒來得及開口，他就說：

我會在這裡待一整個下午，妳要加入嗎？

——如果早知道最後的結局是離婚，那我當初還是會選擇結婚嗎？

——我覺得妳還是會。

警示燈，手煞車，D檔，方向燈，踩油門。

我一路往星巴克的方向駛去。

星巴克二樓靠窗的座位，超過一年不見的我們，而，這是我開口的第一句話：

「你剪頭髮了？」

「都快一年了。」

摸著耳上長度的短髮，看似還想再說些什麼的他，最終還是選擇把話收回。我們認識的時候他始終是維持著短馬尾或丸子頭的型男造型，主要是因為他的頭型好看而臉又夠小且五官立體，我告訴他我很懷念他長髮的造型，還說他的鬢角很好看。

「只有鬢角嗎？」

不只鬢角。我心想，但沒說，不好意思說，也沒立場說。

「我下去幫妳買咖啡，還是熱拿鐵不加糖？」

「你還記得？」

「不是記得，是忘不了。」

不是記得，是忘不了。

開口，我把他的這句話講給對面暫時空白的座位聽，兩年前我也是坐在那個位子告訴他、我喝熱拿鐵不加糖，那時候我應邀和他拍攝線上教學課程的影片，那是我們第一次真正的見面，而那一刻是我們真正意義上的獨處，當我們說完各自要喝的咖啡之後，本以為會是他起身下樓幫大家買咖啡，可是結果他沒有，結果他只是掏出信用卡給楊小姐，然後就那樣繼續坐在我對面，眼神捉住我的視線，而我沒有移開，微笑還因此漾進眼底。所以是那個瞬間嗎？愛情被明確的時刻。

「笑什麼？」

回過神來，他正端著兩杯熱咖啡回來。我告訴他我在笑自己每次候機的時候還是會想起第一次見面的那晚，回家後的他擔心我自己在機場候機無聊，於是打來電話講笑話給我聽，真的是非常無聊的笑話哪，那個晚上他說的那三個笑話，然而最好笑的反而是他認真講著講到自己都尷尬的語氣。

「我那時不知道妳真的那麼沒禮貌，都不笑。」
我笑了起來，開開心心的那種。接過他遞來的熱咖啡，我說：
「都忘記你這麼高了，剛剛你站起來的時候才又想起。」
「妳的個子剛好到我胸口，這個我記得很清楚。」
「你沒事記這個幹嘛？」
「因為被妳說我的笑聲像打嗝而且還是青蛙在打嗝啊，所以就一直反覆看我們錄的影片研究，結果就這樣把我們站在一起的畫面牢牢記住了。妳呢？」
我很久沒有像影片中那樣開懷大笑了，離婚之後雖然還是會跟布萊恩和艾力克嘴上幾句或是上課的時候和庭芸東翰互噴一堆垃圾話，可是我很知道那是不同程度的笑聲那是不同程度的快樂，那是無可取代的快樂，而我很清楚這件事情，那是只有你能給得起的快樂。可是那是借來的幸福，而且還還不起。
我在心底囉嗦了這堆，結果什麼也沒說，就只問：
「我什麼？」

「為什麼頻道停更了?」

「為什麼每個人都問我這個?」我就只剩下這件事情好問嗎?我就不能有我自己的感受嗎?我就不能做回我自己嗎?「在你眼中,我是網紅還是李妮?」

「妳就是個女孩。」

那是借來的,妳還不起。我在心底提醒著自己,可是好難。原來無可取代的還有眼神,不要再用那種眼神看我,也不要再用那種聲音對我說話,我好不容易把你當成一個只是發生過的話題而已,我不想要再從頭來過一次,那很難受。我很想說,這麼對他說,甚至我覺得自己應該直接起身說再見了,可是我發現自己完全無能為力。原來愛會讓人變得很軟弱。

「後來是誰陪妳去醫院?妳以前提過的那個檢查,妳有去做第三次檢查嗎?」

「艾力克,他說剛好想自費健檢,所以那就乾脆一起去醫院吧,結果那天他一直叫我拍他穿病人袍的照片，好傳給眾女友們討拍求呼呼。」

「很有艾力克的風格啊。」他笑了起來，「我怎麼沒想到有這一招，說自己反正想要順便回診那就乾脆一起去好了，好招，果真專業風流戶啊。」

「不是回診是健檢。」

他聳了聳肩膀，低頭啜啜咖啡。

我們如同以往那般聊起各自的近況，我說起學校同學和報告，還說起我的指導教授很機車，每次meeting的時候都要求我找一堆資料做簡報給他，而且通常這老頭三天後就要收到；而他傳訊息給我的那個週三下午我正好就是在搜集彙整女性獨旅的相關研究資料。我抱怨：

「你還真會選時間，就那樣突然聊起來，害我那天晚上差點開天窗。」

他笑了起來，略帶得意地說：

「事有輕重緩急，人有因緣際會。」

「因緣際會咧。你那天為什麼突然傳訊息給我？明明都那麼久沒聯絡了。」

「因為頭很痛啊。」

「不想講就算了。」

他趕緊說：

「我一直就想傳訊息給妳，一直就想要再這樣跟妳坐著聊天，可是我很害怕。」

「怕什麼？」

「怕妳不理我。」

我的確曾經有過這個念頭，我的確曾經這麼下定決心過，然而此刻的我，卻說：

「我本來以為離婚那陣子會收到你的訊息。」

「我怕自己自作多情。」

「你沒有自作多情。」

我說。

此刻凝望著他的雙眼，我想起曾經在錄影現場那天，那天所有工作人員都各司其職忙碌著前置作業，在那當下他靠我太近，而我也沒想移開，就那樣安安靜靜地把頭低下，安安靜靜地凝望著那雙好看的手。

那雙手此刻正握著我，而我無力抽離，只能用自己也陌生的聲音告訴他這整件事情都毫無意義，我們都只是太久沒有談戀愛了，久到誤會愛情很美，但其實這世界上沒什麼美得過現實，其實愛情和婚姻一樣麻煩而且都會褪色。

「而且你很愛你太太，你很愛你兒子。」

「我是很愛我兒子。」

起手式，布萊恩都說過了，男人都這樣。我繼續說：

「我們都知道事情會怎麼發展，最後吃虧的都是第三者，可能幾次之後也可能三五個月你膩了覺得麻煩了想推開我了，你會怎麼對付那個還陷著的狼狽的我？或者反過來呢？我會怎麼對付你？好的時候很好，我們都知道這個道理，而我——」

「都超過一年了。」

「什麼？」

「為什麼我還是會想妳？」

借來的，就算再無可取代，也都只是借來的。

感受著此刻的心痛，我要求自己繼續說：最糟的情形是東窗事發，通常太太會原諒先生繼續一起生活然後用她的餘生療傷，可是她們不會輕易放過第三者，而我的情形甚至會更慘，我會身敗名裂，所以我真的很厭煩每個人都在提醒我流量都在說我很可惜而且居然連你也是？

「我為什麼要為了你冒這個險？」

「因為我可能活不過今年？」

「你說什麼？」

「腦癌，復發了。」

「我覺得你在騙我。」

「我為什麼要騙妳？」

他坐了過來，捉著我的手，讓我摸他左側後腦袋的疤。

「我也很想知道為什麼那時候結果我首先想到的是妳。」

「……」

「我真的很想知道我們那時候是什麼？妳要讓我帶著這個遺憾死去嗎？」

「你想要什麼？」

「我想要聽妳的聲音。」

之二
郭庭芸

最近我讀了很多書，主要是因為汶康還是持續冷戰不和我說話，於是我的時間因此多出太多，我曾經想過找李妮聊聊天，看看是不是能夠給我一些過來人的經驗談，例如她和前夫那次長達三個月的冷戰後來是怎麼結束的？或者就算是純聊天也好，因為我覺得自己好像就快要瘋掉，可是李妮沒有接我的電話，她只是簡短回了個訊息，說她正在進行一場為期七天的旅行，她現在不方便說話。

回去再聊？

好

什麼叫作為期七天的旅行？為什麼要這麼繞口？一般不是都會說日韓歐美或環島嗎？為什麼我突然有一種地球依舊公轉自轉但我卻脫離運轉的軌道獨自被拋

落在原地的錯覺？應該不可能每個人都剛好把我給忘記，但是我真心懷疑此刻全世界是不是只剩下我孤單？

我把這個感受丟給晏嬋，拜託她可不可以陪我說說話、隨便說些什麼都可以？因為此刻的我真心覺得好孤單，天啊我孤單到甚至願意付費聊天，但是結果晏嬋說她也不方便，因為此刻她人正在前往印度的旅途中，她和朋友約了要去拜見尊者。

與其坐在家裡胡思亂想讓心情越變越差，妳何不乾脆去讀點書呢？

拜託喔，我才剛交完期末報告、改完期末考卷耶

不是那種書，之前李妮說的那個PUA，心理學的說法是操控，妳何不去讀一讀這兩者的差別在哪呢？

好啦

圖書館。這個我回憶裡安心的所在。

重新踏進久違的圖書館沒想到我居然還記得這些陳舊的回憶：1類書是哲學心理學書籍、2類書是宗教、3類書是自然科學……，大學的時候我曾經在學校的圖書館工讀，無論是借還書啦、上架或者按索書號找書啦，甚至是編碼都略知一二呢，那些都是非常令人懷念的回憶，無論是一邊蓋著印章一邊貼磁條啦、又或者才剛上班就開始討論下班後消夜要去吃什麼……都是至今回想起來依舊閃閃動人的快樂，託了圖書館以及中文系大家的福，大學四年的庭芸過得非常快樂呢；談談不怎麼樣的戀愛啦、煩惱著不怎麼體面的煩惱啦、為了所有不重要的小事而認真痛苦啦……一切的一切都幼稚得如此美好，美好了我後半的青春，好喜歡那樣的青春，和那時候的我自己。

那麼前半段的青春呢？

高中三年的庭芸還不曉得該怎麼快樂，整天就是泡在圖書館的8類書架旁，讀著一本又一本的小說讓自己從升學壓力的壓抑以及女子學校裡難以理解的人際運作中抽離；國中三年的庭芸更悲慘，媽媽幻想著她可以繼續和我當時閨蜜的媽媽繼續當好朋友一起接送我們上下課並且母女檔聚餐聊天下午茶，於是就讓我跨學區去念那一所後來才知道是流氓學校的國中，結果我和閨蜜並沒有繼續當同班同學也因此很快地漸行漸遠，不再有所謂的母女檔閨蜜下午茶因為沒有空，而且最悲慘的是熱愛閱讀並且成績優異的我因此成為班上同學們的眼中釘，所謂被老師偏心寵愛的馬屁精，上課搶著舉手回答的愛現鬼；的確很多那時期的8＋9們就是喜歡我這種全校第一名的氣質型女生，可是其實那更慘，因為那時期的男生還不知道怎麼正確地表達感情怎麼正確地追求女生，他們的戀愛智商才剛要發展，他們基本上和雄性動物求偶時的水平大概一致，無論是孔雀開屏般的展翅炫耀，又或者種種匪夷所思的衝動粗暴舉止；然而他們還不是最危險的存在，因為最直接的生存危機是源自於89妹，舉凡她們喜歡的男生喜歡上我時，那通常就是我倒楣的時候：各種刻意排擠、各種言語霸凌，甚至有一次我直接被叫進女廁所修理，只因為那位學姐喜歡的男生拒絕她的告白、說是因為喜歡我所以她因此要修理我，好荒謬的思考迴路喔我當下心想，這到底是什麼鬼邏輯？寫成算式行得通嗎？能解出答案嗎？那麼寫成作文呢？也不行，完全沒有因果關係啊。在心底我如此崩潰著，在現實我選擇直接嚎啕大哭，最後小小的庭芸使用害怕至極的嚎啕大哭驚嚇住那群北七們，並且成功吸引教官前來查看救援才得以從被圍歐的恐懼驚嚇之中全身而退。

「想想好荒謬，」開口，我低聲告訴眼前的1類書，「小小的庭芸害怕時還曉得要哭，而現在的庭芸卻只曉得假笑裝沒事。」

搖搖頭，我閉上嘴巴告訴自己請停止內耗，把視線移轉到書架上，快速地挑選幾本心理操控以及煤氣燈效應之類的相關書籍丟進書袋裡，走之前還是繞到8類書架前拿了幾本很久以前讀過的小說一起借閱，純粹是想藉由重新閱讀小說這件事情和過去的小郭庭芸打聲招呼，待在一起。

本來我以為這場冷戰會結束在回馬來西亞之前，畢竟再怎麼樣汶康總是得開口跟我討論機票行李或伴手禮吧？然而結果汶康依舊沒有想要結束這場冷戰的意思，關於回家也只是把他訂好的機票日期傳給我，還不忘補上一句：這次妳不回去也可以，我訂的是可以退費的機票。

我放下手機直接走到書房當面告訴他、我會陪他回家，而汶康點點頭，接著繼續下他的西洋棋；我其實早已經忘記最初我們吵起來的原因是什麼，可是如今我終於後知後覺得明白事態之嚴重：一向把家庭擺在首位的汶康居然主動同意我可以不陪他回家看媽媽？我可能真的會被汶康離婚。

汶康的母親出身於怡保的富貴人家，家裡早年因為錫礦而發達致富，後來因為產業沒落而家道中落，出身富貴但見證衰敗的母親於情竇初開的年紀下嫁鎮上最俊美的男子，小倆口婚後很快地生下汶康和他妹妹，兩個孩子出生的時候他們年輕的母親分別是十九歲以及二十一歲。

「有時候我會覺得我媽其實是把我們兄妹倆生出來陪她一起長大。」

汶康曾經如此感慨道。

這對年輕夫妻的婚姻並沒有幸福多久，主要是因為他們都太過年輕還心性不定，也是因為她的性格驕縱而他的女人緣太好，他們的婚姻很快就出現巨大的裂痕，而那時候的他們都年輕得無力面對，和解決。

「他們被愛情沖昏頭，太快就走進婚姻，又太快生下小孩，有時候我甚至懷疑他們直到離婚的時候都還跟對方稱不上熟呢。」

這是汶康對於他父母婚姻的看法。

離婚時還是少女年紀的母親非常驚恐地發現，在那個民風保守的年代，離婚帶給她的挫敗遠不及原生家庭對此的反應：少婦的父親將此視為見不得光的家醜，不但拒絕女兒想要回娘家居住的請求，甚至拒絕她獨自帶著兩個孩子參加家族聚會以免落人口實。

「我媽簡直是被掃地出門了，如果她是死掉而不是離婚，那老頭可能還會稍微同情她吧。」

那老頭，汶康從不把那老頭喊作外公，連告別式也沒想過要去。

「小時候不讓我們回去，他死了以後也不差我們一家三口去給他磕頭。」一家三口。

作為母親情緒載體的汶康從小就非常依賴母親，如果說母親人生中最大的打擊是失敗的婚姻，那麼之於汶康應該是兒時必須寄居爺奶家吧。

「其實我爺奶對我們兄妹倆很好，總是考慮到我們年紀小小就沒有爸媽陪在身邊照顧，所以更加疼愛我們，吃穿都比家裡好不說，就連小時候的玩具都是奶奶買給我的，我媽只願意買書和棋類遊戲給我，她不喜歡那些玩物喪志的東西汙染我的智商。雖然我小時候真的很想要擁有一組樂高。」

然而那次導致小小的汶康離家出走的原因也是玩具。

其實說穿了就是一群孩子們踢球玩到起衝突，很尋常的小孩子吵架，吵完就忘了，忘了就好了，隔天又會玩在一起了，畢竟在他們爺奶家足球玩伴可不好找；可是那天那群孩子就是吵到驚動大人加入排解糾紛或者說是擴大糾紛，局面一發不可收拾，於是身為現場最年長者的爺爺只好要求當下唯一沒有爸媽在現場當靠山的汶康低頭道歉，不是因為對錯，而是這樣最簡單處理。

小小的汶康嚥不下這委屈，轉頭就跑出大人的視線，他獨自一個人憑著模糊的記憶認著公車站牌一路走了三個小時走到媽媽工作的髮廊，直到和媽媽四目相對的那一刻，才終於遲遲地仰頭放聲大哭。

「你都不怕迷路喔？」

母親又氣惱又心疼地抱著他，而小小的汶康哭著說：

「我要回媽媽家住。」

妹妹差點被陌生人抱走時他也忘記要害怕。

當時兄妹倆在髮廊附近的空地玩耍時，突然一個貌似精神狀況有問題的男子經過見妹妹可愛就伸手把她抱走，小小的妹妹還沒反應過來時，小小的汶康倒是就近抄起木頭或棍子高舉過頭追打壞人並且嚇退他。

「回想起來很像日本劍道的姿勢，」汶康笑著回憶，「真搞不懂我哪來的這個反射動作，而且我還自帶『牙——』的音效呢。」

我聽著樂了好久，那時候的我們。

好喜歡這樣的汶康，好喜歡他是我丈夫，保護家人，守護家人的汶康，我心愛的汶康，但是如今總是把家人擺在第一位的汶康卻開始考慮把曾經帶給他們一家三口巨大傷痕的離婚複製於我們的婚姻？

難道我不是他的家人嗎？

我是直到離婚之後才終於看懂自己的人生。

在飛往馬來西亞的航班上，我想起李妮說過的這句話。我心愛的丈夫這次連座位都沒有買在一起，好招。郭庭芸的護照婚前由爸媽保管婚後轉交丈夫代管，在郭庭芸截至目前為止三十二歲的人生中，這還是我第一次飛機座位旁邊是陌生人呢。所以我就因此不會是個好媽媽嗎？

我慢慢看懂自己的人生。

婆婆開車來接機，她摸摸我的臉頰好似一位慈愛的寵物主人那樣，接著她的視線就完全沒有離開過汶康，儘管已經四十歲了，婆婆依舊用兒時的口吻喊他作「葛格」，彷彿時光永恆的靜止在他們兒時那段一家三個相依為命的歲月，在那個情感緊密的小家庭裡，汶康一人分飾多角，他既是兒子也是哥哥，他甚至還是個一家之主，負責保護照顧家裡的兩個女性；前座的母子倆聊得熱絡，而我也識趣地不打擾，在獨自一人的後座裡，我想起小姑已經很久沒有出現的這個事實，和汶康交往之後，小姑總是和婆婆宛如連體嬰般出現我們眼前，已是半退休的婆婆不但每天開車接送小姑上下班，就連睡覺時母女倆也同一間房。

「妹妹會怕黑，所以我都要陪她睡。」

婆婆說，而小姑總是笑盈盈地安靜隨侍在側，是的，說不上為什麼我當時腦子裡居然浮現這四個字，然而後來我知道了：儘管一生經歷現實種種磨難的婆婆，骨子裡依舊是兒時那位不顧父母反對、執意下嫁的富家千金。

小姑逃走那年曾經來台灣投靠過汶康，她說自己再也受不了處處受控的人生，她完全沒有自己的生活，和朋友的聚會母親要跟，和男友的約會母親要在場，若不依，則是奪命連環叩以及夜裡獨坐在客廳沙發的哭泣。

「你自己逃走了，留下我一個人被她控制。」

面對小姑的指控，汶康的回應是幫她支付留學英國的費用，那不是一筆小數目，而汶康沒問過我意見。

難道我不是你的家人嗎？

我慢慢看懂我們的人生。

婆婆接風招待午餐，點了滿桌子她自己喜歡吃的料理，看著婆婆殷勤地給汶康挾菜時，我在心底想起那則網路笑話：為什麼爸媽都不會挑食呢？因為他們都只準備自己喜歡吃的菜。我是很想把這個笑話講出來分享分享的，但總覺得不合時宜。

開口，我聽見自己說：

「我可以點一盤青菜嗎？幫助消化。」

「糖醋魚吧，」婆婆笑盈盈地說：「上面有洋蔥和彩椒啊。」

我保持微笑，而汶康也是，他從來不會忤逆婆婆，也曾經解釋過婆婆為何上館子一向只點雞鴨魚肉而無青菜。

「我媽覺得點青菜很浪費錢，成本那麼低，實際上連蒸煮類的料理她也不太點，說是作法簡單，點了不划算。」

「那你自己喜歡吃的呢？」

「我是回來陪媽媽，重點不是吃東西。」

汶康當時說，接著不忘提醒我，為了養大他們兄妹倆、母親這一生已經吃過許多苦受過無數的委屈，我於是識相地閉上嘴巴，上網搜尋最近的藥局買幫助消化的酵素。

我慢慢看懂我和汶康。

回馬來西亞之後我們一向不會有獨處的機會，婆婆總是會參與其中，而且緊緊摟著汶康的手臂撒嬌，我猜汶康大概長得像他父親，而她從未從那場驚天動地的初戀迷霧中走出，她用自己的一生把兒子調教成為理想的男人、人生的作品，就算只是替代品也好；我們唯一獨處的機會是晚上回房間睡覺，我們在這裡從來不做愛，我沒問過汶康原因，我猜想大概是這房子隔音不好。

這個寒假的第一個晚上，我們和婆婆請安之後回房間休息，汶康先去洗澡而我忙著把行李歸位，把汶康的睡衣整整齊齊擺在床上時，我回想起第一次陪汶康回家的自己，那時候的我滿心以為我們的足跡將會踏遍馬來西亞，我簡直迫不及待想認識汶康長大的家鄉故土，然而實際上我們幾乎都只待在家裡陪著婆婆一日三餐話家常。

「我媽不喜歡出門，她覺得別人都在對她指指點點。」

汶康說。

至今我依舊沒去過檳城，連吉隆坡也只是去搭飛機。

汶康洗好澡了，推開浴室的門，他的視線對上床上整整齊齊的睡衣以及端坐著的我，捉住他的視線，我問他：

「其實我搞錯了，你根本就不打算跟我離婚，對吧？」

「我今天很累。」

「你對我的方式就像是你媽對待你那樣，你以為那就是愛人的方式，對吧？」

「一定要現在講這些嗎？」

「那你為什麼要逃走？寧願來台灣教高中生也不願意留在馬來西亞當醫生？」

他沉默地穿起睡衣，越過我，躺平。

「我要關燈了。」

「這招也是跟她學的嗎？一旦不合你的意，我就要被你威脅著捨棄？你用的是貶低還有冷暴力，那她呢？孩童式哭鬧嗎？」

起身，直視著我，汶康問：

「這樣妳還要跟我生小孩嗎？妳都不怕生出我們這種小孩嗎？妳都不害怕複製悲劇嗎？」

汶康說，汶康開始說。妳看過的那些書我都看過了，妳以為我沒試著努力過嗎？妳以為我會不知道有哪些破解的方式嗎？可是媽媽不一樣，她是把我們帶來這個世界的人，她是養大我們的人，尤其我媽還是獨自養大我們，所以從小她就是我們的天她是我們的一切；我成長的過程有多扭曲我怎麼可能不知道？我也很痛苦，那種黏膩得令人窒息的愛，可是我能怎麼辦？我從小就是被那樣養大，我不知道什麼叫作正常，也沒機會體驗過，所以我就這樣想吧，一年有十二個月，我就回來陪她演三個月也還好吧？還算可以接受的範圍吧？就當作是還債吧？

我從來沒有感覺過快樂，實際上我通常也不太知道什麼叫作愛，我不知道怎麼去愛人，也不曉得怎樣叫作被愛，實際上愛太多了還會令我感覺到厭煩，所以就當作模仿吧、我眼中所謂的愛，一種互惠的原則，一種合群的表現，一種善意的表演。這樣的我不願意把錯誤的基因延續下去，難道不也是對於這個世界的一種善意嗎？

「對，妳猜對了，我並沒有打算跟妳離婚，妳沒有我想像中的笨。我們生活得好好的、我幹嘛要離婚？而且我們同在一個學校工作，離婚後是要怎麼繼續相處妳難道沒想過這件事情嗎？」

「我還沒想到那裡。」

「或許妳是應該想一想了。」汶康說，然後問：「所以呢？如果我不跟妳生小孩的話，妳就要跟我離婚嗎？這樣的妳不就變成自己口中的我和我媽？不合心意就把對方捨棄或者開始各種攻擊的自私人種？原來妳也被我們同化了嗎？」

啞口無言，我啞口無言，我一向吵不過辯才無礙的汶康，我只得在心底默唸著他方才話裡的這幾句：一種互惠的原則，一種合群的表現，一種善意的表演。

「你當初為什麼跟我結婚？」

「因為妳很聽話。」

「不是因為愛嗎？那麼多前女友只要一提到結婚你就分手，然而你卻唯獨娶了我？」

「也是因為愛。」汶康不耐煩地說：「妳去關燈。」

「鄧汶康，你愛過我嗎？」

「我剛剛不是說過了嗎？」

「表演給我看。」

起身，他冷淡地說：

「喜歡且依賴，但是不到愛。」

關燈。

第六章

成為妳自己

之一 李妮

其實布萊恩說錯了，如果早知道最終結局是離婚的話，那麼當初我根本就不會選擇和柏彰結婚。最好的結局是我們愛情長跑多年、感情由濃轉淡，最終從彼此的初戀變成一輩子的朋友，宛如沒有血緣關係的再生家人，就像我、布萊恩以及艾力克那樣；糟一點的結局是我們其中之一變心別戀而分手，我們會因此走出彼此的生命、連朋友都當不成，可是過個幾年之後回看那依舊會是一段酸甜的戀愛回憶，連眼淚都顯得珍貴的那種；然而我們卻選擇了最糟糕的結局，我至今依舊記得在離婚前爭吵最激烈的那幾年，我甚至希望柏彰死掉的惡毒心情，而他對我也是吧？

所以是的，如果可以重新選擇的話，我不會選擇結婚，確實在內心深處的我是深深愛著柏彰這個人更甚於婚姻這件事吧。

那麼，如果是感情呢？一場註定不會有結局的感情，我會願意談一場註定沒有結局的感情嗎？

本來我也以為自己不會。

本來。

第一次抗癌成功的那年生日，他太太包下餐廳替他舉辦一場盛大熱鬧的生日宴，一家三口以及對方家人都到場祝賀不說，就是連兒時一起玩耍成長但長大之後只在紅白帖場合見面的堂表兄弟姊妹們都攜家帶眷地出席。

「有些人的名字我甚至都忘了，很多人的樣子也都變了，還得是看著他們的小孩才有點想起來他們是我童年回憶裡的哪個誰。基因真的是一件事情。」

他很感動妻子的用心張羅以及親友們抽空參加，可是在整場熱鬧非凡的生日宴中身為主角的他卻只想要趕快回家獨自喝威士忌。

「為什麼？」

「我覺得很可怕。」

「太吵了？」

「不是，我不怕吵，怕熱不會進廚房，怕吵不會開餐廳。」放下手中的威士忌，把頭抵在我胸前，他才又淡淡地說：「我那時候一直覺得假假的。」

「什麼假假的？」

「所有的一切。」

所有的一切，他說。明明是慶祝他重生的生日宴會，可是在他看來卻更像是一場生前告別式。他至今依舊沒有辦法具體說明當下為什麼有這種感覺？他轉而說起兒子三歲那年他們一家三口去東京迪士尼的心情：他的妻子一向就喜歡迪士尼，看過所有迪士尼電影、收藏一堆周邊產品不說，就是連蜜月旅行都指定要繞道過去加州朝聖世界上第一座迪士尼樂園。

「我無所謂這些，反正我本來就喜歡公路旅行，而且那陣子正在準備開第二間餐廳，根本就把自己忙成了自動導航模式。」

那是他第一次的迪士尼樂園經驗，就算再認真也回想不起來任何的回憶片段，然而第二次東京迪士尼回憶卻印象很深刻。

「那天下午我兒子累到睡著了，所以我找了個座位抱著他睡覺而我喝飲料，讓我老婆自己去玩去拍照，整個下午我就是抱著熟睡的兒子坐著數天空總共起飛了幾架飛機，數累了我就轉頭看看人。」

突然間他的視線被一位經過的工作人員捉住注意力，他看著那位工作人員就只是尋常地走著、當下也並沒有任何人在看著，可是從頭到尾那位工作人員臉上都掛著大大的笑容，彷彿是被人為烙印上的標準笑容，連露出上排幾顆牙齒都精心計算過的那種標準微笑。

「我當下突然覺得很假很可怕。真搞不懂為什麼在我生日宴那天出現一模一樣的感受，只好告訴自己或許是因為開腦手術的副作用吧。」

「你這次也會沒事的。」

捉住我游移在他頭髮上的手，他轉移話題似的、問：

「妳下週有安排什麼事嗎？」

「幾堂瑜伽課吧，研究所放寒假了。幹嘛？」

「本來醫生是排下週二回診看報告，可是那天我生日，真的不想在那種日子面對這種事情。」

「嗯。」

「所以就跟醫生請假，延到農曆年後再回診，也跟我老婆請假。」

「嗯？」

「今年的生日我想要自己過。」

他說，然後問：

「妳可以陪我任性這一次嗎？」

我應該陪他任性這一次嗎？什麼是對錯？怎麼判斷？由誰判斷？

他這輩子沒做過什麼壞事，至多就是年少輕狂時幾次不禮貌的分手傷害了女孩子的心，而最任性的人生回憶是大一休學跑去洛杉磯投靠表哥學習廚藝，此後他一直過著很正確的人生，始終是個稱職的兒子、弟弟、朋友、男友、老闆、丈夫、父親。可是對於他自己呢？他是個稱職的自己嗎？他很確定自己有好好地對待生命中遇見的每一個人，過著非常負責任的生活，直到他大病初癒，死裡逃生。

直到他重生。

「那時候我開始停下來思考活著這件事。」

活著是什麼？死亡是什麼？人為什麼要活著？人又是為了什麼活著？

在當時醫院志工的介紹之下，抗癌成功之後他開始去上生死課，他想知道死亡是怎麼一回事？以及活著又是怎麼一回事？什麼叫作活著？每個人都有沒有為自己活過？

課堂上有非常多的練習，練習面對自己的死亡也練習面對他人的死亡，而其中一個練習讓他至今依舊印象深刻，長話短說就是具體化自己死前的種種選擇：想要什麼樣的宗教儀式？選擇插管或拔管？死前的那一刻想要在醫院或居家？

「其中一個選項是死亡到來的那一刻希望是自己離世還是有人陪伴？我們那一組四個人討論這個話題，我們四個人裡面只有那位單身的小姐選擇離世時希望由她深愛的人陪她走完人世間的最後一哩路。我那時候搞不懂為什麼我們已婚者都選擇想要自己安靜地離開。妳覺得呢？」

「我不知道。」

討論死亡讓我感覺到很不自在，尤其是他的死亡。我告訴他我的這個感覺。

而他摟了摟我的肩膀，溫柔地說：

「妳上次問我為什麼要告訴妳生病的事情對吧？這就是我的答案：如果這次真的時候到了，那麼我想做的事情就只是再任性一次。一年三百六十五天，我就只做七天的自己，我不必當個兒子、老闆、丈夫或父親，我就只當我自己。妳願意給我這七天嗎？」

「我不知道。」

「我知道到時候不會是妳陪在我身邊，實際上我也不想讓妳看到我生病的樣子，可是我真的很希望樣子還健康的時候和妳愛過一回，就算因此被妳恨我也甘願。」

看著我，他說：

「我不害怕死亡，我真的不怕死，可是我很害怕遺憾。」

什麼是對錯？怎麼判斷？由誰判斷？

「你想要我陪你去哪裡？」

「埔里，我想帶妳去看我小時候長大的地方。」

埔里，他小時候長大的地方。

國小之前他在這個寧靜的山中小鎮和奶奶生活，主要是因為當時爸媽工作很忙，多少也因為大人們不忍心獨居的老母親寂寞，於是就把家裡最年幼的他送來和奶奶作伴。

「我真的是玩大的，小時候我根本就不賴床，因為每天都要趕著起床出門去玩，小時候的我真的是張開眼睛就歡喜著跳下床跑去找奶奶要早餐吃。」

站在如今已經荒廢的雜貨店前，他眼神懷念地彷彿正在和童年的自己打聲招呼。

「小時候我主要的玩伴是店裡養的猴子和穿山甲——」

「穿山甲？長什麼樣子？」

他形容著，還指著店裡大概的位置給我看：

「那時候就養在那裡。」

本來他們家族是開休息站，主要接待團客，後來隨著子孫外移都市以及海外旅行風潮盛行而終究熄燈歇業，最後只剩下這個小小的巷口雜貨店讓老奶奶打發無聊似地經營著，而念舊的奶奶捨不得那些原先作為觀賞或供遊客逗鬧拍照的動物們流離失所，於是就這麼帶回來一起養老。

「有一次我哥跟我說動物的鼻子如果溼溼的就代表牠是健康的，所以隔天他們回去之後，我就自己一個到處檢查朋友們是不是健康的？最後是我捉著蛇去問奶奶、牠的鼻子在哪裡？我奶奶差點被我嚇死。」

都多久以前的往事了，他如今說起依舊眼底發光，無盡思念；然而，小時候什麼都不怕的男孩，回到都市裡的家之後，卻變得什麼都害怕，連蟑螂都害怕。

「現在回想，真的不要那樣教小孩，那種恐嚇式的打罵教育，真的很不好。」他說，「妳知道秋田犬嗎？就是長得很像柴犬的那種大型犬。」

「我知道，電影有演，忠犬八公，我每次都看到掉眼淚。」

「呵。牠們雖然長相憨厚但其實基因裡是非常有攻擊性的犬種，然而以前我爸養的那隻小秋卻連過馬路都不敢，想想也好笑，那麼大一隻狗還要人家抱著過馬路。」

我咯咯笑了起來。

「算我迷信吧，我覺得到時候他們會來接我，小秋啦、奶奶啦……所有先走一步的他們，最後都會來接住我，所以我真的不怕死。」

可是我怕。

「這裡離日月潭近嗎？」

「不遠，妳想去日月潭？」

「嗯，我想去拜拜，我記得潭邊有間龍鳳宮很靈，以前柏彰要去考研究所的時候，我們曾經一起去祈福過，願他順利錄取第一志願。結果他真的錄取了他理想的學校。」

「那妳這次想要祈求什麼？」

「我想祈求你會活很久。」

「……」

「活成一個老阿公。」

「走吧，我們今天晚上住日月潭。」

離開日月潭之後我們一路往南。

我們在高雄停留過夜，因為他說想看看我念過的學校，小港變了很多，而高餐也是，周邊長出了好多建築物，甚至正對面還長出了餐旅附中；我告訴他以前調酒社的我們喝開之後就會跑來鐘樓逐字大聲唸出精誠勤樸的校訓。

「想想那個畫面真的很神經。」

「我好羨慕他們。」

「沒必要吧？我以前脾氣很差，老是在生氣，就唯獨被柏彰吃得死死而已。」

「我羨慕他們可以看到妳變老的樣子。」

「不要講這種話。」

「沒關係。」

「走吧。」

握著他的手，我告訴他接著要去楠梓分局停車場拍照片。

「楠梓分局停車場？」

楠梓分局停車場，艾力克，心碎的初戀，以及初戀女孩的父親，極具羞辱性的言語，和TOYOTA。

「艾力克真的直到現在都還在討厭所有開TOYOTA的人。」

「很艾力克啊。」

他說，然後笑了起來，那種，青蛙打嗝似的笑法。

然後移動到金崙泡溫泉。

「這裡有我見過最美的星空。」

他說。

那是很久以前的事情了，他和當時的女朋友搭台鐵來金崙泡溫泉，住的是非常山上的民宿，杳無人煙的那種，卻因此遇見此生最美的星空。

「很震撼，震撼到自覺渺小。」

然而此行我們並沒有找到當年那間山頂上的民宿，可能是不復存在，可能是記憶錯誤，反正沒差，我們找了間順眼的溫泉旅館住下，晚上聊天做愛，白天漫無目的地開車在東部沿海公路閒晃。

「我真的很愛這條藍色海岸公路，我可以整天就待在這裡開車看海。」

他說，而我同感。

這裡好美。為什麼我以前老是以為所謂的美景就是要到國外欣賞？或是遇到什麼美麗的景色，總是要形容為：美得像是歐洲一樣？

台灣本身就足夠美麗。

剩下的日子我們選擇待在長濱。

非常悠閒地過，非常珍惜地活，我們都同意如果可以的話，老了想要在這裡氣氛悠閒地養老、漫無目的地度過餘生，怎麼愉快就怎麼活；我們沒再聊起死亡，他知道我不喜歡這個話題，我會害怕。

最終是回程，我問他最後一晚有什麼打算？而他說：

「我想為妳做一頓晚餐。我可以借用妳的廚房嗎？」

我看著他。

「妳大概和我一樣，此生都在給別人做菜，對此我總是感覺到榮幸，但——」

但。

「上一次做菜給妳吃的人是誰？」

「我媽。」我告訴他，「而且不好吃，所有的味道都混在一起，我媽老是為了節省不換鍋子不洗鍋。你為什麼想要做菜給我吃？」

「我們第一次見面的時候，我就想要做菜給妳吃，」他說，「我本來是不相信一見鍾情的。」

那是第一次，我在他的懷裡流淚。

之二
郭庭芸

那個曾經照亮我世界的男人，最後帶給我巨大的痛苦。

在那個宿命般的寒假裡，獨自從馬來西亞回台灣的我，首先做的第一件事情就是以生病為理由向學校遞辭呈，真正的原因並不是汶康認為的離婚之後在學校裡見面會尷尬，而是我以為只要這麼做了、汶康就會願意放手；然而他沒有，汶康不同意離婚，想想也是，娶到這麼聽話又好用的老婆，幹嘛要離婚？

在離婚協商的那半年，汶康總共問過我四次要選擇當妻子還是母親？每一次我都選擇後者。

在那段人生最黑暗的日子裡，我何其有幸擁有他們的支持。當然爸媽是非常反對我辭掉學校的工作，怎麼說都是辛苦多年的成果，確實沒有必要就這麼放手，畢竟離婚和工作是兩回事吧？離婚之後還能好好當朋友的例子何其多。

「而且汶康又一直對妳那麼好。」

最後是爸爸的這一句話堅定了我原本輕微動搖的念頭，我沒解釋什麼，沒說那都是演的，只說自己是真的累了需要休息一下，我保證會好好照顧自己，也婉拒他們要我搬回家住的提議，我曾經的房間如今已歸姪子所有，我無意搬回去成為多出來的家族成員，也不想打擾他們原本的生活節奏。我有養活自己的本事。

女人要有自己的房間，這是吳爾芙在一百年前就告訴世人的真理。

起先我的確在這方面遇到了小波折，主要是因為結婚之後的收入我也全數交由汶康保管，而汶康可沒有意願善待一心想要離開他的小妻子。於是晏嬋借了一筆錢供我度過眼前的難關，而在我找到租屋處之前則是暫居在李妮家的琴房裡，當時一張可以折疊的收納單人沙發床、一顆從家裡帶出來的舊枕頭和一床網購的棉被，這就是那幾週的我最大的溫暖和依歸。

和李妮同住的那幾週不再像以前那樣由她親自下廚料理三餐，反而通常是由我買便當回來餵飽我們，我沒問李妮怎麼了？怎麼經常看起來好難過的樣子？大人的世界裡曉得不問只聽，同樣的我也沒有指出她曾經很討厭食物被裝在保鮮盒裡，相反的我盯著她把裝在便當紙盒裡的飯菜吃完，每當那個時候，我總是會想起李妮曾經告訴過我：每個擁有那種眼神的女人，都應該當媽媽。後來我告訴她這句話曾經在無數自我懷疑的當下給過我力量，很大很大的力量。

我利用寄居在李妮家的那幾週重新架構好接下來的新生活：重新登錄所有的社群軟體，為的是和以前的朋友同學們取得聯繫，汶康對於社群軟體過度美化生活且虛情假意的看法固然正確，然而人終究是群體動物，而我的確需要給自己打造一個支持網絡；收入也是非常現實的燃眉之急，所幸找工作對我而言倒是不難，我的工作履歷漂亮又雙語能力卓越，很快就找到幾個家教工作，對象從升學取向的學生到在台外籍人士都有；而不再需要每天被綁死在學校的好處就是我可以增加閱讀和學習的時間，閱讀強化我的認知能力，而學習增加我的生存技能，除了原本研究所的課程之外，我也去報名國立大學隨班附讀心理學學士班，後來的老公就是在那個學分班認識的社工，婚後我跟著老公移居台東，兩個人辦了一場小而美的溫馨婚禮，婚禮的每個細節每個選項都是由我們自己決定。

而李妮沒有來參加我們的婚禮，當時她託東翰帶來禮金以及抱歉：她那天必須去送一個朋友。

「真是不湊巧，沒想到他連走都這麼會選日子。」

然而當我懷孕的時候，李妮卻是第一個來東岸探望我的人，那是今年冬天一月的事情，在最後一次見面的畢業典禮之後，我們已經將近兩年不見，而，這是她開口的第一句話：

「為了達成妳想要大著肚子寫論文的願望，妳要不要再去念第二個碩士？」

「饒了我吧，」我笑著說：「我沒想到妳居然還記得我講過這個耶，人家都要感動死了啦，嗚嗚嗚。」

而李妮咯咯笑，她是直到很後來才告訴我，每次她看到我在群組裡回訊息都習慣帶上嗚嗚嗚這三個字時她都會被逗樂。就這樣我開車載著被逗樂的李妮前往池上，在車上我們自然地聊起大家的近況，首先是東翰的太太懷了老三，而且終於是女兒，因此他很開心地宣布自己終於也是個有前世情人的男子了，而貴婦大姐則是如她所願在研究所畢業之後繼續讀博，完成她當時說想要在博士候選人的身分中迎接六十五歲的人生願望。這些都是社群平台上讀不到的私人近況，不虛假不攀比而且具有溫度的那種，真的是一分鐘一分鐘相處，一句話一句話交談，一次次的被期末報告折磨再接著畢業論文修理所換來的患難情感。

池上，這間能夠遠眺向陽山的咖啡館，二樓靠窗的位置。

「嘉明湖就在那裡。」指著遠方雲霧繚繞的向陽山，我甜蜜地抱怨著：「我家老公已經在計劃以後要帶小孩去爬嘉明湖，真受不了，想得真遠。」

「妳也要去嗎？」

「才不要，我要在家裡跟狗躺著耍廢就好。」

李妮笑了起來，依舊是咯咯咯的那種：

「我們庭芸終於也變成可以勇敢拒絕老公的女子啦？」

「好了啦。」

好了啦。

「男生還是女生？」

「還不知道，不過都好，健康就好。」

「妳真的變成熟了，」

「嗯，不經一事，不長一智嘛。」

換了個話題，李妮說：

「我都不知道還有這麼好的地方，果真變成地頭蛇啦妳。」

她接著說起剛和男朋友交往時，兩個人第一次旅行就是來池上住三天。

「我們那三天都在池上亂走，但都不知道還有這個咖啡館。」

「所以需要我這個地頭蛇嘛，」我得意地說，然後問：「他這次怎麼沒來？我都還沒看過他本人。」

「我這次是環島，他沒那麼多假。」

「南迴還北迴？」

「南迴，第一站先去埔里和日月潭。」

「日月潭？有去騎單車嗎？聽說是全球十大最美自行車道耶。」

「沒有，今年冬天冷死了，而且我只是想去龍鳳宮還願而已。」

「了解。所以這是妳的第幾天？」

「第六天，明天再去長濱繞一繞之後就要直接回家了。」

「七天也是夠久。」

她同意，把杯子裡的咖啡喝乾之後，抬頭，遙望著眼前的向陽山，李妮呢喃似地說：

「一年三百六十五天，我只做七天的自己。後來我是這麼過生日的。」

看著她披掛在椅背上的淺灰色羊毛長大衣，我不理解地問：

「可是妳生日是夏天哪。」

「我知道。」

—全文完—

橘子作品 33

我的世界不見了

My world is gone.

作　　者　曹筱如／橘子
總 編 輯　莊宜勳
主　　編　鍾靈

出 版 者　春天出版國際文化有限公司
地　　址　台北市信義路四段458號3樓
電　　話　02-7718-0898
傳　　眞　02-7718-2388
E－mail　frank.spring@msa.hinet.net
網　　址　http://www.bookspring.com.tw
部 落 格　http://blog.pixnet.net/bookspring
郵政帳號　19705538
戶　　名　春天出版國際文化有限公司
法律顧問　蕭顯忠律師事務所
出版日期　二○二五年一月初版
定　　價　310元

總 經 銷　楨德圖書事業有限公司
地　　址　新北市新店區寶興路45巷6弄6號5樓
電　　話　02-8919-3186
傳　　眞　02-8914-5524

香港總代理　一代匯集
地　　址　九龍旺角塘尾道64號 龍駒企業大廈10 B&D室
電　　話　852-2783-8102
傳　　眞　852-2396-0050

ISBN 978-626-7637-11-1　Printed in Taiwan

國家圖書館出版品預行編目(CIP)資料

我的世界不見了／曹筱如／橘子著. -- 初版.
-- 臺北市：春天出版國際文化有限公司,
2025.01
面；　公分. -- (橘子作品；33)
ISBN 978-626-7637-11-1(平裝)

863.57　　113019874